學。說。普通話 4

◎梁道潔主編

◎萬里機構·萬里書店出版

學説普通話(4)

主編
梁道潔

編寫
李啟文　彭康　鄭文瀾　梁道潔

校閱
孫雍長

策劃
劉烜偉

編輯
楊青柳　劉毅

出版者
萬里機構・萬里書店
香港鰂魚涌英皇道1065號東達中心1305室
電話：2564 7511　傳真：2565 5539
網址：http://www.wanlibk.com

發行者
香港聯合書刊物流有限公司
香港新界大埔汀麗路36號中華商務印刷大廈3字樓
電話：2150 2100　傳真：2407 3062
電郵：info@suplogistics.com.hk

承印者
美雅印刷製本有限公司

出版日期
二〇〇八年七月第一次印刷(平裝)

ISBN 978-962-14-3862-1

本書由廣東世界圖書出版公司授權出版發行

出版説明

“萬里有聲叢書”是學習語言的輔導讀物，自六十年代迄今，已出版了數十種讀本，語種包括英語、日語、法語、德語、葡語、韓語、泰語以及中國的廣州話和普通話等。發聲媒體亦由軟膠唱片演變成錄音帶再演變成今天的CD碟。規模較大的有《英語通》（全套7冊）和《日語通》（全套4冊），其餘大部分為單行讀本，種類較多，內容深淺各異，適合不同的讀者。有聲叢書中有部分讀本的錄音帶和CD碟還配有粵語或普通話，學習起來更見方便。

“萬里有聲叢書”由專家把關，各書編寫認真，注重學習實效，課文內容豐富，與日常生活息息相關。示讀發音清晰、標準。讀者可根據自己的水平和需要選購，按書多讀、多聽、多練、多比較，便可切實提高所學語言的實際應用能力。

萬里機構編輯部

前言

1996年以來我們一直負責為廣東電視台《學講普通話》節目供稿，在高校又從事語言教學多年，希望這些小小的積累能幫助我們把書寫好。

書的內容按衣、食、住、行、工作、學習等不同生活領域編排，並參照國家語委審定的《普通話水平測試大綱》的要求，編寫了測試練習。按照循序漸進的原則，我們將普通話語音、詞彙、語法規律等常識內容安排在各情景課文當中。編寫體例，介乎"會話手冊"和"課本"之間，以適應三方面的讀者需要：1. 想學一點普通話方便工作和生活；2. 學好普通話，以後準備通過國家普通話水平測試；3. 作為普通話學習班教材。

這套書共分四冊，課文二百多篇，每篇課文包括四部分：情景對話、詞語、知識要點、練習。情景的設置主要是幫助讀者體會一些多義詞、同義詞及各種句型的運用，讓讀者能在語境中學習語言。情景對話中出現的詞語一般圍繞一個中心；知識要點主要是指出規律，幫助讀者舉一反三；練習是配合知識要點設計的，希望通過精簡的訓練起到鞏固知識的作用。課文的普通話註音，依據《漢語拼音方案》，詞語的拼寫，以《現代漢語詞典》和《漢語拼音正詞法基本規則》為依據。

本書的編寫，我們有幾個基本的想法，希望做到：1. 實用性與知識性相結合。情景對話是以實用為原則而編寫的，知識要點和每冊書的專題部分，是突出規律和帶有小結性的。2. 普及與提高相結合，本書考慮到不同讀者的需要，大部分內容是跟現實生活、工作、學習緊密結合的，但又盡量向《普通話水平測試大綱》的要求靠攏，並設置了測試練習，練習的內容大多是突出規律性的，可幫助讀者系統地鞏固普通話知識，測試自己的普通話水平，同時也為在特定崗位工作的人，如教師、播音員、演員等，以後接受國家普通話水平測試打下一定的基礎。3. 學習語言與了解社會相結合。課文內容涉及了社會生活的方方面面，香港讀者在學習語言的同時，還可以了解到在內地辦各種事情的大致手續以及內地的民情習俗等。

這套書是集體完成的。梁道潔負責全書的集體設計和統改、定稿。李啟文、彭康、鄭文瀾負責全書二百四十篇課文的撰寫。各冊書後面的專題部分，即"普通話語音概説""普通話水平測試練習""普通話與粵語的比較"，則由梁道潔撰寫。本書特請廣州師院語言研究所所長孫雍長教授校閱。

本書的編寫，得到廣州師範學院的大力支持，在此謹表謝忱。

目錄

家庭、保健

附　錄

飲　食

第一課　喝　茶

1. 情景對話

Xiǎo Wáng míngtiān shì xīngqī tiān wǒmen yīqǐ qù
小李：小王，明天是星期天，我們一起去

hē chá ba
喝茶吧。

Zǎo chá yè chá háishì xiàwǔ chá
小王：早茶、夜茶還是下午茶？

Dōu bù shì wǒ shì zhǐ dào chá yì guǎn chúncuì de
小李：都不是，我是指到茶藝館純粹地

pǐn chá
品茶。

Hǎo ya wǒ hāi zhēn méi qùguò chá yì guǎn hē chá
小王：好呀，我還真没去過茶藝館喝茶

ne Tīngshuō nà li hē chá shì hěn jiǎngjiū de
呢！聽説那裏喝茶是很講究的。

Dāngrán yào bú rán zěnme jiào chá yì guǎn Zài nà
小李：當然，要不然怎麼叫茶藝館？在那

li hē chá nǐ jiù kě yǐ xīnshǎng dào Zhōngguó
裏喝茶，你就可以欣賞到中國

chuántǒng gōngfu chá de chádào jì yì
傳統工夫茶的茶道技藝。

Shì bu shì yǒu jiào shénme hánxìn-diǎnbīng zhīlèi de
小王：是不是有叫什麼"韓信點兵"之類的？

Duì háiyǒu guāngōng-xúnchéng jīngjī-dú lì yóushān-wán
小 李：對，還有“關公巡城”、“金鷄獨立”、“遊山玩

shuǐ děng zhòngduō míngmù
水”等 衆多 名目.

Nà zhēn shì tài hǎo le wǒ kě yǐ kāikai yǎnjiè
小 王：那 真 是 太 好 了，我 可以 開開 眼界

le
了。

2. 詞語

純粹 chúncuì　　純粹
品茶 pǐn chá　　品茶，嘆茶
講究 jiǎngjiū　　講究
傳統 chuántǒng　　傳統
茶道 chádào　　茶道
技藝 jìyì　　技藝
名目 míngmù　　名目
眼界 yǎnjiè　　眼界

3. 知識要點

這課對話中，我們可以留意“純粹”這個詞的讀音。“純”和“粹”在普通話裏聲母都是讀爲送氣的塞擦音，“純”讀 ch，“粹”讀 c，而在粵語中，它們則是讀爲擦音［ʃ］，所以粵語區的人説普通話時受粵語的影響，容易把這兩個字誤作擦音，於是“純”説成 shún，“粹”説成 suì。這種粵語讀爲擦音［ʃ］，普通話讀爲送氣的塞擦音 ch 或 c 的字還有好些，我們在下面的練習中一並列出，請大家熟讀。

4. 練習

讀出下列詞語，請注意讀準加點的字的聲母。

禪師 chánshī　　蟬聯 chánlián
嬋娟 chánjuān　　嘗試 chángshì
償還 chánghuán　　時常 shícháng

嫦娥 cháng'é
大臣 dàchén
早晨 zǎochén
誠心 chéngxīn
盛飯 chéng fàn
承認 chéngrèn
湯匙 tángchí
仇恨 chóuhèn
木船 mùchuán
嘴唇 zuǐchún
淳樸 chúnpǔ
姓岑 xìng Cén

熱忱 rèchén
誕辰 dànchén
成功 chēnggōng
城市 chéngshì
乘坐 chéngzuò
丞相 chéngxiàng
豆豉 dòuchǐ
憂愁 yōuchóu
垂直 chuízhí
純粹 chúncuì
香醇 xiāngchún
篡奪 cuànduó

第二課　找座位

1. 情景對話

　　　　Qǐng wèn zhè ge zuòwèi yǒu rén zuò ma
小　李：請　問，這　個　座位　有　人　坐　嗎？

　　　　Méiyǒu Qǐng zuò ba
顧　客：没有。請　坐　吧。

　　　　Nǐ kě yǐ nuó guò yī diǎn ma Hǎo duō jiā gè
小　李：你　可以　挪過　一點　嗎？　好　多　加　個
　　　　zuò wei ràn wǒ zhè wèi péngyǒu zuò
　　　　座　位　讓　我　這　位　朋友　坐。

　　　　Méi wèn tí
顧　客：没　問題。

　　　　Xièxie nǐ
小　李：謝謝　你。

　　　　Bú bì kè qi
顧　客：不　必　客氣。

2. 詞語

可以 kěyǐ	可以
挪 nuó	褪
朋友 péngyǒu	朋友

3. 知識要點

在這一課裏，我們想討論一下一個經常用到的詞“可以”的讀法，“可”是一個粵語區的人説普通話時不易説準的字，問題出在“可”的韻母 e 上，粵語没有 e 韻母，所以我們首先必須學會發 e 音。e 是個舌面後半高不圓唇元音，發音時，口半閉，舌位半高，舌頭後縮，雙唇自然展開，上下齒都露出來，聲帶振動，這樣 e 就發出來了。學會了發 e 音後，我們還要注意在説普通話時不要受粵語音的影響，將可（kě）説成（kǒ）。所以我們應該記住一些粵語唸 o（或 od，og）韻母，普通話唸 e 的常用字，這些字一般只限於零聲母和聲母爲 g、k、h 的字，我們在下面的練習裏列出，請大家多讀幾遍。

4. 練習

讀出下列詞語，注意不要將加點的字的韻母唸成 o。

阿膠 ējiāo	哥哥 gēge
歌曲 gēqǔ	戈壁 gēbì
割斷 gēduàn	呵欠 hēqiàn
喝水 hēshuǐ	苛刻 kēkè
科學 kēxué	蝌蚪 kēdǒu
一棵 yīkē	顆粒 kēlì
俄國 Éguó	峨嵋 éméi
嫦娥 Cháng'é	飛蛾 fēi'é
天鵝 tiān'é	訛詐 ézhà
閣下 géxià	擱置 gēzhì
外殼 wàiké	禾苗 hémiáo
和平 hépíng	如何 rúhé
山河 shānhé	荷花 héhuā
諸葛亮 Zhūgěliàng	渴求 kěqiú
可以 kěyǐ	坎坷 kǎnkě
饑餓 jī'è	惡毒 èdú
愕然 èrán	鱷魚 èyú
各個 gè ge	慶賀 qìnghè
褐色 hèsè	仙鶴 xiānhè
課程 kèchéng	

第三課　吃早餐

1. 情景對話

Wèi qǐchuáng la
小李：喂，起床啦。

Jǐ diǎn zhōng le Jīntiān bù shì fàngjià ma
小王：幾點鐘了？今天不是放假嗎？

Dōu kuài shí diǎn le fàngjià yě gāi qǐchuáng le
小李：都快10點了，放假也該起床了。

Kuàidiǎn qǐlai wǒ yǐjīng nòng hǎo zǎocān le
快點起來，我已經弄好早餐了。

Chī shénme dōngxi ya
小王：吃什麼東西呀？

Yǒu xiǎomǐzhōu jīdàn háiyǒu bóbǐng
小李：有小米粥，鷄蛋，還有薄餅。

Wā zhème hǎo de dōngxi tài hé wǒ de kǒuwèi
小王：哇，這麼好的東西，太合我的口味

le Wǒ mǎshang qǐlai
了。我馬上起來。

2. 詞語

起床 qǐchuáng	起床，起身
弄好 nònghǎo	整好
鷄蛋 jīdàn	鷄蛋
薄餅 bóbǐng	薄餅
口味 kǒuwèi	口味

3. 知識要點

在這課裏，我們想討論一下“起床”這個詞的讀法。粵語區的人說普通話時常把“床”的介音 u-丟掉，於是“床”就成了“長”。雖然粵語裏没有 u-介音，但粵語區的人說普通話時說漏 u-的情況並不是很多，主要就是把 uang 說成 ang，像上例的“床”，還有就是把 uo 說成 o，如“果（guǒ）”說成“gǒ”。所以在下面的練習裏我們把一些容易說錯的常用字列出，本課，我們先列韻母爲 uang 的詞語，韻母爲 uo 的情況留待第十三課再講。

4. 練習

讀出下列詞語，留意加點的字，不要將 u-丟掉。

生瘡 shēngchuāng
創傷 chuàngshāng
一雙 yī shuāng
遺孀 yíshuāng
木樁 mùzhuāng
嫁妝 jiàzhuāng
瘋狂 fēngkuáng
涼爽 liángshuǎng
悲愴 bēichuàng
煤礦 méikuàng
衝撞 chōngzhuàng
壯觀 zhuàngguān

窗口 chuāngkǒu
匡正 kuāngzhèng
冰霜 bīngshuāng
村莊 cūnzhuāng
裝修 zhuāngxiū
起床 qǐchuáng
闖禍 chuǎnghuò
創業 chuàngyè
曠課 kuàngkè
姓鄺 xìng Kuàng
一幢 yīzhuàng
狀況 zhuàngkuàng

第四課　自助餐

1. 情景對話

Māma wǒmen jī wǎn bié zhǔfàn le dàowàimiàn chī
小　明：媽媽，我們今晚別煮飯了，到外面吃
zì zhùcān ba
自助餐吧。

Nǐ xiǎng chī shēnme yàng de zì zhù cān ne
媽　媽：你想吃什麼樣的自助餐呢？
Huǒguō diǎnxīn zhōngshì de háishì xī shì de
火鍋、點心、中式的還是西式的？

Huǒguō tài máfán diǎnxīn de yòu tián bù bǎo dù zi
小　明：火鍋太麻煩，點心的又填不飽肚子，
xī shì de bù hé kǒuwèi zhōngshì de yòu guòyú dān
西式的不合口味，中式的又過於單
diào
調。

Quán ràng nǐ fǒudìng le hái chī shénme ne
媽　媽：全讓你否定了，還吃什麼呢？

Yǒu xie zì zhùcān shì zhōng xī shì jié hé de jì
小　明：有些自助餐是中西式結合的，既
fēng fù yòu hé kǒuwèi wǒmen jiù qù chī zhè zhǒng
豐富又合口味，我們就去吃這種
zì zhùcān ba
自助餐吧。

Jiàqián yī dìng hěn guì ba
媽　媽：價錢一定很貴吧？

Jiàqián yǒu guì yǒu pián yi de wǒmen jiù xuǎn shì
小　明：價錢有貴有便宜的，我們就選適

zhōng de ba
中 的 吧。

2. 詞語

外面 wàimiàn	外面，出邊
自助餐 zìzhùcān	自助餐
火鍋 huǒguō	火鍋，邊爐
點心 diǎnxīn	點心
麻煩 máfán	麻煩
單調 dāndiào	單調
否定 fǒudìng	否定
豐富 fēngfù	豐富
便宜 piányi	便宜
適中 shìzhōng	適中

3. 知識要點

這課對話中我們可以留意“豐富”這個詞。“豐富”的“豐”是粵語區的人説普通話時容易説錯的字，因爲該字在粵語中韻母爲 oŋ，而在普通話裏却要改讀爲 eng，粵語區的人往往犯類推的毛病，經常把“豐”説成 fōng。還有一些類似這種情況的字，我們把它們列於下面的練習裏，請大家留意。

4. 練習

讀出下列詞語，並留意加點的字其韻母的正確讀法。

豐富 fēngfù	北風 běifēng
楓葉 fēngyè	瘋狂 fēngkuáng
密封 mìfēng	山峰 shānfēng
蜂蜜 fēngmì	姓馮 xìng Féng
烽火 fēnghuǒ	鋒利 fēnglì
逢迎 féngyíng	縫補 féngbǔ
諷刺 fěngcì	鳳凰 fènghuáng
奉承 fèngchéng	俸祿 fènglù

蒙騙 méngpiàn
空濛 kōngméng
懵懂 méngdǒng
蓬勃 péngbó
捧場 péngchǎng
老翁 lǎowēng
滃江 wēngjiāng
蕹菜 wèngcài

帡幪 píngméng
朦朧 ménglóng
夢想 mèngxiǎng
船篷 chuánpéng
碰撞 pèngzhuàng
嗡嗡響 wēngweng xiǎng
酒甕 jiǔwèng

第五課　共進晚飯

1. 情景對話

Xiǎo Liú bù zhī nǐ jīnwǎn yǒu mei yǒu kòng néng
小李：小劉，不知你今晚有没有空，能
bu néng hé wǒ yī qǐ chī wǎnfàn
不能和我一起吃晚飯？

Yǒu kòng wǒ yī zhí zài děngdài zhè ge jī huì
小劉：有空，我一直在等待這個機會。

Nà tài hǎo le wǒ běnlai zǎo jiù xiǎng qǐng nǐ
小李：那太好了，我本來早就想請你，
zhǐshì dānxīn nǐ jùjué
只是擔心你拒絶。

Zěnme huì ne Wǒ tài gāoxìng le
小劉：怎麽會呢？我太高興了。

Wǒmen qù yī jiā tè bié yī diǎn de cāntīng nà li zhǐ
小李：我們去一家特别一點的餐廳，那裏只
diǎn là zhú
點蠟燭。

Tài bàng le
小劉：太棒了。

2. 詞語

等待 děngdài	等待
拒絶 jùjué	拒絶
餐廳 cāntīng	餐廳
蠟燭 làzhú	蠟燭

3. 知識要點

在這裏我們想講講語法問題。普通話的句子，如果按其結構的格局劃分，就可以分爲單句和複句。單句其組織格局較爲單一，如："我太高興了。"複句則由兩個或兩個以上的分句組成，在結構上就稍爲複雜些。複句又可以分爲聯合複句和偏正複句，聯合複句通常指分句與分句之間是一種並列或承接或遞進或選擇的關係，如我們這課對話裏的："你今晚有沒有空，能不能和我一起吃晚飯"，兩個分句之間就是一種承接的關係。偏正複句則指分句之間有主次之分，通常分句與分句之間是一種轉折或因果或假設或條件或目的的關係，如這課對話中的："我本來早就想請你，只是擔心你拒絕"，兩個分句之間就是一種轉折的關係。複句運用得當，就能很好地表達你的意思，下面我們將各類複句常用的關聯詞語列出，以供大家參考。

A. 聯合複句

①並列關係

也、又、還

既……也……、不是……而是……

②承接關係

就、便、才、接着

首先……然後……

③遞進關係

而且、並且、況且、何況、甚至

不但……而且……、尚且……何況……

④選擇關係

還是、或者

或者……或者……、不是……就是……

與其……不如……、要麼……要麼……

B. 偏正複句

①轉折關係

但是、可是、然而、可、却

雖然……但是……、儘管……可是……

②因果關係

由於、所以、因此、以致

因爲……所以……、既然……那麼……

③假設關係

就、便、那麼

如果……就……、即使……也……

④條件關係

只要……就……、只有……才……

無論……都……

⑤目的關係

以、以便、藉以、好讓

以免、省得、以防

4. 練習

請判斷下列句子是什麼關係的複句。

(1) 綠化既是美化環境的需要，又是環保的象徵。

(2) 或者你到我這來，或者我到你那去。

(3) 我無論走到哪裏，都會記住你的叮嚀。

(4) 如果你願意，我就陪你到處看看。

5. 參考答案

(1) 並列關係

(2) 選擇關係

(3) 條件關係

(4) 假設關係

第六課　進入餐廳

1. 情景對話

Qǐng wèn jǐ wèi
服務員：請 問 幾 位？

Liǎng wèi
小　李：兩 位。

Zhè biān qǐng Qǐng wèn yào shénme chá
服務員：這 邊 請。請 問 要 什麼 茶？

Yǒu shénme chá ne
小　李：有 什麼 茶 呢？

Yǒu tiěguānyīn shòuméi xiāngpiàn huāchá jú pǔ
服務員：有 鐵觀音、壽眉、香片、花茶、菊 普。

Yǒu mei yǒn jìng jú huā
小　李：有 没 有 淨 菊花？

Yǒu
服務員：有。

Yào yī hú jìng jú huā zài ná xiē báitáng lai
小　李：要 一 壺 淨 菊花，再 拿 些 白糖 來。

2. 詞語

這邊 zhè biān　　呢邊
鐵觀音 tiěguānyīn　　鐵觀音
壽眉 shòuméi　　壽眉
香片 xiāngpiàn　　香片
菊花 júhuā　　菊花
白糖 báitáng　　白糖

3. 知識要點

我們常聽到粵語區的人説普通話時把“這邊”説成“借邊”，他們把 zhè（這）説成了 jiè（借），這裏不單是搞錯聲母的問題，還牽涉到韻母的問題。在第二課的知識要點裏，我們曾説過粵語裏没有 e 韻母，所以粵語區的人不太習慣發這個 e 音。“這”和“借”在粵語中的韻母都爲［ɛ］，説成普通話時一個變成 e，一個變成 ie，粵語區的人發 ie 音毫無問題，所以就有人乾脆將 e 説成 ie 了。爲了避免類似的錯誤，我們應該記住那些容易説成 ie 韻母的 e 韻母字，這一類字聲母多數爲 zh　ch　sh　r 和 z c s。下面練習裏我們就列出這一類常用字，請大家熟悉熟悉。

4. 練習

讀出下列詞語，注意不要將加點的字的韻母唸成 ie。

車輛 chēliàng
賒賬 shēzhàng
毒蛇 dúshé
折本 shéběn
原則 yuánzé
選擇 xuǎnzé
覆轍 fùzhé
惹人注目 rěrén-zhùmù
學者 xuézhě
政策 zhèngcè
側面 cèmiàn
撤退 chètuì
徹底 chèdǐ
苦澀 kǔsè
射擊 shèjī
社會 shèhuì
攝影 shèyǐng
特赦 tèshè
這邊 zhè biān
浙江 zhèjiāng

奢望 shēwàng
遮住 zhēzhù
舌頭 shétou
責任 zérèn
色澤 sèzé
哲學 zhéxué
閒扯 xiánchě
捨得 shěde
手册 shǒucè
測驗 cèyàn
清澈 qīngchè
厠所 cèsuǒ
熱鬧 rènào
閉塞 bìsè
牽涉 qiānshè
設想 shèxiǎng
懾服 shèfú
平仄 píngzè
甘蔗 gānzhè

第七課　討論菜式

1. 情景對話

Xiǎo Liú jīntiān wǒ qǐng kè nǐ fù zé diǎn cài xǐ
小　李：小劉，今天我請客，你負責點菜，喜
huān chī shénme jǐnguǎn diǎn
歡吃什麼儘管點。

Háishì nǐ diǎn ba wǒ hěn suíbiàn de
小　劉：還是你點吧，我很隨便的。

Nǐ kàn wǒmen shì chī huǒguō háishì chǎo cài
小　李：你看我們是吃火鍋，還是炒菜？

Xiànzài shì wǔ yuè fèn tiān qì yǐ jīng hěn rè le
小　劉：現在是五月份，天氣已經很熱了，
wǒ kàn wǒmen háishì diǎncài ba
我看我們還是點菜吧。

Hǎo ya wǒmen jiù yào yī xiē qīngdàn dian de Cháo
小　李：好呀，我們就要一些清淡點的潮
zhōu cài ba
州菜吧。

2. 詞語

請客 qǐng kè　　請客
點菜 diǎn cài　　點菜
儘管 jǐnguǎn　　儘管
隨便 suíbiàn　　隨便
清淡 qīngdàn　　清淡

3. 知識要點

這一課對話裏，我們可以留意“清淡”這個詞的讀法，“淡”在粵語裏的聲母是 t，在普通話裏它卻没有讀相應的送氣塞音 t，而是讀作不送氣的塞音 d。這種情况就爲粵語區的人學説普通話帶來不便，所以我們必須對這一類字作一個了解，才能够避免在交際中出錯。這一類常用字我們列在課後練習，請大家參考。

4. 練習

讀出下列詞語，並留意加點的字的聲母。

借貸 jièdài	怠工 dàigōng
清淡 qīngdàn	祈禱 qídǎo
河堤 hédī	締結 dìjié
肚子 dùzi	斷線 duànxiàn
後盾 hòudùn	掌舵 zhǎng duò

第八課　點　菜

1. 情景對話

Xiānshēng diǎn xiē shénme cài ne
服務員：先生，點些什麼菜呢？

Qǐng xiān bǎ càipǔ nálai wǒ kànkan Nǐmen zhèli yǒu shénme zhāopái cài
小　李：請先把菜譜拿來我看看。你們這裏有什麼招牌菜？

Dòngxiè háojiān chāozhōu lǔ shuǐ'é dòujiàng wūyú yù ní yàngyang dōu shì dì dào de cháoshàn fēngwèi
服務員：凍蟹、蠔煎、潮州鹵水鵝、豆醬烏魚、芋泥、樣樣都是地道的潮汕風味。

Yào yī ge háojiān yī ge Chāozhōu lǔ shuǐ'é yī ge niúròuwán tāng yī ge zhúsūn huì lú sǔn zhèxie dōu shì yào lì pán zài yào liǎng wǎn yù ní jiù zhè xiē ba
小　李：要一個蠔煎、一個潮州鹵水鵝、一個牛肉丸湯、一個竹蓀燴蘆筍，這些都是要例盤、再要兩碗芋泥，就這些吧。

Yào xiē shénme yǐnliào ne
服務員：要些什麼飲料呢？

Bù yòng le hē chá jiù xíng le Qǐng kuàidiǎn shàng cài
小　李：不用了，喝茶就行了。請快點上菜。

2. 詞語

菜譜 càipǔ	菜譜
招牌 zhāopái	招牌
地道 dìdào	地道
風味 fēngwèi	風味
飲料 yǐnliào	飲料

3. 知識要點

在這課裏，我們想講講語法方面的問題。在前面的對話裏有這樣一句話：“請先把菜譜拿來我看看。”這是普通話的“把字句”。這種句子，是通過“把”字，將動詞的支配、關涉對象提到謂詞動詞前，起到一種將關涉的對象處置的作用。簡單來説，“把”字句有兩種基本情況，一種是可以轉換成其他動詞謂語句的，如課文對話裏的句子，它可以改用別的句式，而不用“把”字句，如説成“請拿菜譜來我看看”。還有一種情況就是句子結構上必須用“把”字句，它一般不能改用別的句式。這種情況多數是動詞後面所帶的賓語補語比較複雜，特別是當補語是介詞結構的時候，這時句子就非用“把”字句不可。如：“你怎麼能把家務都推給太太做呢?”我們運用“把”字句，還要注意兩個問題，就是句中的謂語動詞有處置的意思，動詞前後要有別的連帶成分，不能光是單獨一個動詞，如不能説：“我把這個問題考慮”，而要説：“我把這個問題考慮一下”。另外，粵語裏是很少用到介詞“把”的，它通常都是用介詞“將”，所以我們看到粵語的“將”字句，通常都可以把它對譯爲普通話的“把”字句。當然，有時候普通話裏的“把”字也可以換成“將”字。

4. 練習

請將下列句子對譯成普通話的“把”字句。

①我將啲衫攞出去曬太陽。

②佢將書放落書包度。

③小林將煮好嘅餸攞出來給我吃。

④你將呢篇文章翻譯成英文呀。

5. 参考答案

Wǒ bǎ yī fú ná chūqu sài tàiyáng
① 我 把 衣服 拿 出去 曬 太陽。

Tā bǎ shū fàng dào shūbāo li
② 他 把 書 放 到 書包 裏。

Xiǎo Lín bǎ zhǔhǎo de cài ná chūlai gěi wǒ chī
③ 小 林 把 煮好 的 菜 拿 出來 給 我 吃。

Nǐ bǎ zhè piān wénzhāng fān yì chéng yīngyǔ ba
④ 你 把 這 篇 文章 翻譯 成 英語 吧。

第九課　催促上菜

1. 情景對話

Xiǎojiě wǒmen háiyǒu yī ge zhúsūn huì lú sǔn yī zhí
小　李：小姐，我們還有一個竹蓀燴蘆筍一直

méiyǒu shànglai
沒有上來。

Wǒ qù cuī yi cuī Nǐmén xiān hē bēi chá ba
服務員：我去催一催。你們先喝杯茶吧。

Xiǎo jiě yòu guò le shí duō fēnzhōng le cài hái
小　李：小姐，又過了十多分鐘了，菜還

méiyǒu shànglai wǒmen bù yào le jié zhàng ba
沒有上來，我們不要了，結賬吧。

Kěshì dān yǐ jīng xià le shuō bù dìng yǐ jīng zuò
服務員：可是，單已經下了，說不定已經做

hǎo le Wǒ mǎshang dāo chúfáng kànkan
好了。我馬上到厨房看看。

Wǒmen yǐ jīng děng le yī ge duō xiǎoshí xiànzài
小　李：我們已經等了一個多小時，現在

yě méi wèikǒu chī le bù yào le
也没胃口吃了，不要了。

Nǐmen bù yào yě kě yǐ dàn zhàng háishì yào suàn
服務員：你們不要也可以，但賬還是要算

de
的。

2. 詞語

結賬 jiézhàng	結賬，埋單
胃口 wèikǒu	胃口

催 cuī　　　　催

3. 知識要點

在普通話裏，一般來説總是修飾語放在中心語前面，如這課對話中有一句："你們先喝杯茶吧。""先"是放在動詞謂語"喝"的前面，而粵語則將它放在動詞的後面，説成："你哋飲啖茶先啦"。這是粵語的句式，我們不要將這種句式帶到普通話裏，否則你説的普通話就不規範了。

4. 練習

請將下列句子對譯成普通話。

①唔該晒！

②點解講極你都唔明㗎！

③幾緡之嘛，唔使咁緊張啩。

④支筆寫完嘞，畀過一支我啦。

5. 參考答案

Hěn gǎnxiè
① 很 感謝！

Wèi shénme zěn me shuō nǐ dōu bù míngbái ne
② 爲 什麽 怎麽 説 你 都 不 明白 呢！

Bù guò jǐ kuài qián bù yòng zhème jǐnzhāng ba
③ 不過 幾 塊 錢，不 用 這麽 緊張 吧。

Zhè zhī bǐ xiěwán le zài gěi wǒ yī zhī ba
④ 這 支 筆 寫完 了，再 給 我 一 支 吧。

第十課　飯後水果

1. 情景對話

Xiǎo bái hái yào bu yào zàilái gè cài
小　明：小　白，還　要　不　要　再來　個　菜？

Bù yòng le wǒ yǐ jīng chī de hěn bǎo le
小　白：不　用　了，我　已經　吃得　很　飽　了。

Nàme lái gè guǒpán ba
小　明：那麽　來　個　果盤　吧。

Bù bì le ba zài shàng dōng xi jiù chī bù xià le
小　白：不　必　了　吧，再　上　東西　就　吃　不　下　了。

Fàn hòu shuǐguǒ bāngzhù xiāohuà
小　明：飯　後　水果，幫助　消化。

Nǐ zhè ge shuō fǎ kě bù tài kē xué Jù shuō fàn hòu mǎshang chī shuǐguǒ duì shēn tǐ bù lì hái huì fā pàng
小　白：你　這　個　説法　可　不　太　科學。據説　飯　後　馬上　吃　水果　對　身體　不　利，還會　發　胖。

Huà suī zhème shuō kě wǒ xiǎng chī yī diǎn yīnggāi shì méi wèn tí de
小　明：話　雖　這麽　説，可　我　想　吃　一點　應該　是　没　問題　的。

2. 詞語

果盤 guǒpán　　果盤

消化 xiāohuà　　消化

説法 shuōfǎ	説法
科學 kēxué	科學
胖 pàng	肥

3. 知識要點

這一課我們不妨留意“果盤”這個詞的讀音，粵語區的人説普通話時往往是“盤”、“盆”不分，因爲在粵語裏，“盤”和“盆”是同音字，韻母都是[un]，粵語的[un]韻母字在普通話裏有些讀爲 an 韻母（如“盤”），有些讀爲 en 韻母（如“盆”），而粵語區的人一般容易犯把 an 韻母的字説成 en 的毛病，這樣“果盤”就變成了“果盆”，這一點我們在説普通話時要特別注意。下面我們把這些容易混淆的字列在練習中，它們的聲母都是雙唇音。

4. 練習

讀出下列詞語，留意加點的字的韻母，該讀 an 的不要讀作 en，該讀 en 的不要讀作 an。

一般 yībān	搬運 bānyùn
番禺 pānyú	姓潘 xìng Pān
隱瞞 yǐnmán	盤子 pánzi
磐石 pánshí	滿意 mǎnyì
半打 bàn dǎ	同伴 tóngbàn
絆倒 bàndǎo	拌嘴 bànzuǐ
判决 pànjué	湖畔 húpàn
叛變 pànbiàn	悶熱 mēnrè
大門 dàmén	臉盆 liǎnpén
本來 běnlai	憤懣 fènmèn

第十一課　談論晚餐

1. 情景對話

Xiǎo míng zuówǎn de wǎncān nǐ xǐhuān ma
小　王：小明，昨晚的晚餐你喜歡嗎？

Zhēn shì zāo tòu le
小　明：真是糟透了。

Zénme ne
小　王：怎麼呢？

Shíwù shì lěng de wèidào yīdiǎn dōu bù hǎo fúwù yě chà jiàgé yòu guì
小　明：食物是冷的，味道一點都不好，服務也差，價格又貴。

Tīng qǐlai quèshí shì hěn zāogāo nǐ yǒu mei yǒu dǎsuàn tóusù ne
小　王：聽起來確實是很糟糕，你有没有打算投訴呢？

Wǒ zhǔnbèi tóushū dào bàoshè tóusù zhè jiā jiǔlóu
小　明：我準備投書到報社，投訴這家酒樓。

2. 詞語

食物 shíwù	食物
冷 lěng	凍
味道 wèidào	味道
服務 fúwù	服務
價格 jiàgé	價格，價錢
投訴 tóusù	投訴
投書 tóushū	投書

報社 bàoshè	報社
酒樓 jiǔlóu	酒樓

3. 知識要點

這一課裏我們想講講普通話的一種特殊句式，連動式。我們先看看這課對話中的一句話："我準備投書到報社投訴這家酒樓。"這句話前面的動詞"投書"和後面的動詞"投訴"是表示先後發生的動作，像這類兩個或兩個以上的動詞先後順遞陳述同一施事者情況的格式，就是連動式。這種連動式的句子，有時候還可表示後一動作是前一動作的目的，如："小明下河游泳"；有時則表示前後動詞從肯定、否定兩方面陳述一件事情，如："他站在這兒不動了。"這一類句子也是我們學習普通話必須掌握的一種句型。

4. 練習

請把下面連動式的句子用普通話説出來。

①我哋聽到呢個消息都好高興。

②佢瞓喺度郁都唔郁。

③你批個蘋果食啦。

④小王揸車揸得好穩。

5. 參考答案

Wǒmen tīngdào zhè ge xiāo xi dōu hěn gāoxìng
① 我們 聽到 這 個 消息 都 很 高興。

Tā shuì zài nà li dòng dōu bù dòng
② 他 睡 在 那裏 動 都 不 動。

Nǐ xiāo gè bíngguǒ chī ba
③ 你 削 個 蘋果 吃 吧。

Xiǎo Wáng kāichē kāide hěn wěn
④ 小 王 開車 開得 很 穩。

第十二課　畢業聚餐

1. 情景對話

Xiǎo Gāo jīntiān shì wǒmen bì yè bān zuìhòu yī cì
小　張：小　高，今天　是　我們　畢業班　最後　一　次

zài xuéxiào jù cān wǒmen yī qǐ qù xiàng wǒmen de
在　學校　聚　餐，我們　一起　去　向　我們　的

lǎoshī jìng yī bēi jiǔ ba
老師　敬　一　杯　酒　吧。

Hǎo ya wǒmen guòqu ba
小　高：好　呀，我們　過去　吧。

Lǎoshīmen xīnkǔ le Qǐng jiēshòu wǒmen duì nǐmen
小　張：老師們，辛苦　了！請　接受　我們　對　你們

de zhōngxīn gǎnxiè
的　衷心　感謝。

xièxie nǐmen sì nián lai de xīnqín jiàodǎo Zhù nǐ
小　高：謝謝　你們　四　年　來　的　辛勤　教導。祝　你

men shēn tǐ jiànkāng gōngzuò yúkuài gānbēi
們　身體　健康，工作　愉快，乾杯！

Yě wèi nǐmen shùn lì zǒushang xīn de gōngzuò gǎng
老師們：也　爲　你們　順利　走上　新　的　工作　崗

wèi gānbēi
位，乾杯！

2. 詞語

畢業 bìyè	畢業
聚餐 jùcān	聚餐
辛苦 xīnkǔ	辛苦
接受 jiēshòu	接受

衷心 zhōngxīn	衷心
辛勤 xīnqín	辛勤
教導 jiàodǎo	教導
健康 jiànkāng	健康
乾杯 gānbēi	乾杯，飲勝
崗位 gǎngwèi	崗位

3. 知識要點

“乾杯”是一個經常用到的詞語，可粵語區的人却容易將“杯”字説錯，主要原因是受粵語韻母的影響。“杯”在粵語中韻母爲［ui］，接近於普通話的 uei（ui）音，所以粵語區的人在説普通話時就容易給這些本該唸 ei 的字加上個 u-介音，這一類錯誤主要集中在聲母爲 b　p　m 的字上。在下面的練習裏我們就爲大家列出這類字，請大家熟記。

4. 練習

讀出下列詞語，注意不要將加點的字的韻母唸成［ui］。

乾杯 gānbēi	背後 bèihòu
煤氣 méiqì	作媒 zuòméi
玫瑰 méiguì	一枚 yī méi
倒霉 dǎoméi	梅花 méihuā
草莓 cǎoméi	陪伴 péibàn
賠償 péicháng	培養 péiyǎng
姓裴 xìng Péi	每天 měitiān
倍數 bèishù	蓓蕾 bèilěi
相悖 xiāngbèi	長輩 zhǎngbèi
貝殼 bèiké	狼狽 lángbèi
姐妹 jiěmèi	曖昧 àimèi
充沛 chōngpèi	佩帶 pèidài
裝配 zhuāngpèi	

第十三課　品嚐水果

1. 情景對話

　　　Dàjiā kuàilai chī shuǐguǒ
小　李：大家 快來 吃 水果。

　　　Wā zhème duō Lìzhī pútao mángguǒ píngguǒ zhè ge
小　王：哇，這麼 多。荔枝、葡萄、芒果、蘋果，這 個
　　　dàda de dài cì de shì shénme dōngxi
　　　大大 的 帶 刺 的 是 什麼 東西？

　　　Zhèshì liúlián chǎn yú dōngnán yà yīdài Wǒ mǎshang
小　李：這是 榴蓮，產 於 東南 亞 一帶。我 馬上
　　　qiè kāi tā
　　　切 開 它。

　　　Ng zénme yǒu yī gǔ guàiwèi
小　王：唔，怎麼 有 一 股 怪味？

　　　Shì ya yǒu rén hěn xǐhuān liúlián de zhè zhǒng
小　李：是 呀，有 人 很 喜歡 榴蓮 的 這 種
　　　qìwèi yǒu rén què bù néng jiēshòu Nǐ xiān cháng
　　　氣味，有 人 卻 不 能 接受。你 先 嚐
　　　yīdiǎn kànkan
　　　一點 看看。

　　　O bù kànlai wǒ shì shǔyú bù néng jiēshòu de nà
小　王：喔，不，看來 我 是 屬於 不 能 接受 的 那
　　　yī lèi
　　　一 類。

2. 詞語

品嚐 pǐcháng	品嚐
水果 shuǐguǒ	生果

荔枝 lìzhī	荔枝
葡萄 pútɑo	葡萄
芒果 mángguǒ	芒果
蘋果 píngguǒ	蘋果
榴蓮 liúlián	榴蓮
怪味 guàiwèi	怪味

3. 知識要點

在第三課的知識要點裏，我們講到有兩類韻母的介音 u，粵語區的人在説普通話時容易丢掉，一類就是 uɑng，一類就是 uo。對於前一類我們已在第三課裏詳細講了，這一課我們就來講講 uo 的情況。我們在這一課對話裏看到不少帶"果"字的詞語，像"水果"、芒果"、"蘋果"等，粵語區的人説普通話時往往把"果"説成 gǒ。類似這些丢掉 u 介音，容易説錯的 uo 韻字還有不少，下面練習裏我們就爲大家列出。

4. 練習

讀出下列詞語，注意不要把加點的字的韻母唸成 o：

戳穿 chuōchuān	搓手 cuōshǒu
多少 duōshǎo	城郭 chéngguō
鍋爐 guōlú	説話 shuōhuà
緊縮 jǐnsuō	穿梭 chuānsuō
脱離 tuōlí	托付 tuōfù
拖拉 tuōlā	卓絶 zhuōjué
捉住 zhuōzhù	桌子 zhuōzi
爭奪 zhēngduó	國家 guójiā
巾幗 jīnguó	活動 huódòng
網羅 wǎngluó	蘿蔔 luóbo
巡邏 xúnluó	鑼鼓 luógǔ
籮筐 luókuāng	田螺 tiánluó
婀娜 ēnó	挪動 nuódòng
駱駝 luòtuo	華佗 huátuó
秤砣 chēngtuó	笨拙 bènzhuō

濁音 zhuóyīn
昨天 zuótiān
花朵 huāduǒ
水果 shuǐguǒ
火燄 huǒyàn
赤裸裸 chìluǒluo
住所 zhùsuǒ
穩妥 wěntuǒ
左右 zuǒyòu
把握 bǎwò
差錯 chācuò
挫折 cuòzhé
懶惰 lǎnduò
過去 guòqu
或許 huòxǔ
禍福 huòfú
霍亂 huòluàn
包括 bāokuò
輪廓 lúnkuò
洛陽 Luòyáng
糯米 nuòmǐ
碩大 shuòdà
朔風 shuòfēng
工作 gōngzuò
坐下 zuòxia

茁壯 zhuózhuàng
穿鑿 chuānzuó
躲藏 duǒcáng
包裹 bāoguǒ
夥伴 huǒbàn
鎖頭 suǒtōu
繩索 shéngsuǒ
橢圓 tuǒyuán
佐料 zuǒliào
綽號 chuòhào
措施 cuòshī
墮落 duòluò
掌舵 zhǎngduò
疑惑 yíhuò
收穫 shōuhuò
貨物 huòwù
擴大 kuòdà
廣闊 guǎngkuò
聯絡 liánluò
怯懦 quènuò
諾言 nuòyán
閃爍 shǎnshuò
開拓 kāituò
做法 zuòfǎ
座談 zuòtán

第十四課　選擇飲料

1. 情景對話

Yào bu yào lái bēi kāfēi wǒ gāng zhǔhǎo
小 李：要 不 要 來 杯 咖啡，我 剛 煮好。

Bù xièxie Wǒ xiànglai bù hē kāfēi
小 王：不，謝謝。我 向來 不 喝 咖啡。

Nàme lái bēi chéngzhī zénme yàng
小 李：那麼 來 杯 橙汁 怎麼 樣？

Shì guànzhuāng de háishì nǐ zì jǐ zhà de
小 王：是 罐裝 的，還是 你 自己 榨 的？

Guànzhuāng de
小 李：罐裝 的。

Nà jiù suàn le wǒ bù xǐ huān hē guànzhuāng de yǐnliào
小 王：那 就 算 了，我 不 喜 歡 喝 罐裝 的 飲料。

Yào zhà de yě xíng Wǒ zhè li yǒu zhàzhī jī kě yǐ zhà píngguǒ zhī chéng zhī húluóbo zhī búguò jiù shì yào nǐ zì jǐ dòngshǒu zhà
小 李：要 榨 的 也 行。我 這裏 有 榨汁機，可 以 榨 蘋果 汁、橙 汁、胡蘿蔔 汁、不過 就 是 要 你 自己 動手 榨。

Tài hǎo le wǒ lái zhà húluóbo zhī
小 王：太 好 了，我 來 榨 胡蘿蔔 汁。

2. 詞語

咖啡 kāfēi	咖啡
橙汁 chéng zhī	橙汁

罐裝 guànzhuāng	罐裝
動手 dòng shǒu	動手，郁手

3. 知識要點

在這課對話裏，我們看到“汁”字出現了很多次。“汁”在粵語裏是一個入聲字，由於普通話已經消失了入聲，所以入聲字就被歸派到陰平、陽平、上聲、去聲四聲裏頭。“汁”被派到陰平調裏頭，而在粵語中與“汁”同音的另一個入聲字“執”却被派到陽平調裏頭，受“執”的影響，粵語區的人常將“汁”錯讀成陽平調，還有另外一些本該讀陰平調，而粵語區的人易將它們錯讀爲陽平調的字，這是因爲這些字在粵語中並不讀爲陰平調的原因。在下面的練習中，我們就把這類字列出，供大家參考。

4. 練習

讀出下列詞語，注意不要將加點的字的聲調讀作陽平調：

日期 rìqī	帆船 fānchuán
浪濤 làngtāo	溜冰 liūbīng
特殊 tèshū	橙汁 chéng zhī
椰子 yēzi	危害 wēihài
微生物 wēishēng wù	妖精 yāojīng
河堤 hédī（不讀 tí）	

第十五課　喝　酒

1. 情景對話

Xiǎo Wáng wǒmen jīnwǎn shàng jiǔba qù hē liǎng
小　何：小王，我們今晚上酒吧去喝兩

bēi zěnme yàng
杯，怎麽樣？

Jiǔ wǒ dào shì lè yì hē tè bié shì nóng dù gāo de
小　王：酒我倒是樂意喝，特别是濃度高的，

zhǐshì bù yuàn shàng jiǔba
只是不願上酒吧。

Wèi shénme
小　何：爲什麽？

Wǒ bù xǐ huān jiǔba de qì fēn nà li zǒng ràng rén
小　王：我不喜歡酒吧的氣氛，那裏總讓人

yǒu zhǒng zuìwēng zhī yì bù zài jiǔ de gǎnjué
有種“醉翁之意不在酒”的感覺。

Nà shàng wǒjiā lai hē ba
小　何：那上我家來喝吧。

Hǎo wǒmen lái ge yī zuì-fāngxiū
小　王：好，我們來個一醉方休。

2. 詞語

酒吧 jiǔba	酒吧
樂意 lèyì	樂意
氣氛 qìfēn	氣氛
醉翁 zuìwēng	醉翁
感覺 gǎnjué	感覺

3. 知識要點

在這一課裏，我們講講語法的問題。本課對話中有一句："酒我倒是樂意喝，特別是濃度高的"。這個句子是普通話裏的一種特殊句式，我們稱之爲倒裝句。"濃度高的"本來是修飾主語"酒"的定語，但爲了强調這個定語，所以將它後置。普通話裏句子倒裝的格式是很多的，有的是謂語放到主語前，形成主謂倒裝，如"在哪裏，我的筆?"正常的語序應該是："我的筆在哪裏?"有的是定語放到了中心語後面，形成定語倒裝句，就像我們課文中這個句子；又如："她生了一個孩子，男的，全家高興死了。"正常的語序應該是："她生了一個男孩，全家高興死了。"還有的是修飾性的狀語放在了謂語動詞之後，形成狀語倒裝句，如："他從房裏出來，輕輕地，輕輕地。"正常的語序應該是："他從房裏輕輕地出來。"我們說，倒裝句在普通話裏是很有用的，當你需要强調某種句子成分的時候，你就可以採用倒裝這種形式，從而達到你需要的表達效果。

4. 練習

請將下列倒裝句還原。

①好氣派啊，這座大廈!

②她買了一個錢包，羊皮的。

③儀仗隊走過來了，整齊地、威武地。

5. 參考答案

Zhè zuò dà shà hǎo qìpài ya
① 這 座 大 厦 好 氣派 啊!

Tā mǎi le yī ge yángpí de qiánbāo
② 她 買 了 一 個 羊皮（的） 錢包。

Yízhàngduì zhěngqí de wēiwǔ de zǒu guòlai le
③ 儀仗隊 整齊 地、威武 地 走 過來 了。

第十六課　街市購物

1. 情景對話

Càixīn duōshǎo qián yī jīn
小　李：菜心 多少 錢 一 斤？

Bù lùn jīn lùn bǎ sān kuài qián yī bǎ
菜　販：不 論 斤，論 把，三 塊 錢 一 把。

Yī bǎ hái bù dào yī jīn ba zěnme zhème guì
小　林：一 把 還 不 到 一 斤 吧，怎麽 這麽 貴？

Xiǎojiě zhè bù suàn guì le Wǒ zhè xiē cài yòunèn yòutián kēke dōu néng chī
菜　販：小姐，這 不 算 貴 了。我 這 些 菜，又嫩 又甜，棵棵 都 能 吃。

Zhèyàng ba sān kuài qián yī jīn
小　林：這樣 吧，三 塊 錢 一 斤。

Wǒ méi dài chèng Wǒ tì nǐ tiāo bǎ dàde ba zhǔn yǒu yī jīn
菜　販：我 没 帶 秤。我 替 你 挑 把 大的 吧，準 有 一 斤。

2. 詞語

一斤 yī jīn	一斤
棵棵 kēke	條條
又嫩又甜 yòunèn-yòutián	又嫩又甜

3. 知識要點

這一課對話裏，我們可以留意“一斤”這個詞，粵語區的人往往容易把“一斤”説成“一根”，因爲“斤”、“根”在粵語裏是同音字，韻母都是

[ɐn]，而在普通話裏則一個讀作 in，一個讀作 en。受粵語的影響，對這類粵語讀 [ɐn] 韻母的字，粵語區的人在説普通話時就不知該讀 en 好，還是 in 好，另外粵語 [ɐn] 的發音與普通話的 ɑn 相近，所以粵語區的人説普通話時又容易將該讀 en 或 in 的字讀作 ɑn。針對這種現象，我們將該讀 en 和該讀 in 的字列在下面的練習裏，請大家留意。

4. 練習

讀出下列詞語，注意加點的字，該讀 en 韻母的不要讀作 in 或 ɑn，該讀 in 的則不要讀作 en 或 ɑn。

恩情 ēnqíng
奔跑 bēnpǎo
公分 gōngfēn
芬芳 fēnfāng
吩咐 fēnfu
氣氛 qìfēn
紛紛 fēnfen
根本 gēnběn
脚跟 jiǎogēn
噴泉 pēnquán
申請 shēnqǐng
伸直 shēnzhí
呻吟 shēnyín
紳士 shēnshì
身體 shēntǐ
真假 zhēnjiǎ
甄別 zhēnbié
珍視 zhēnshì
陳舊 chénjiù
星辰 xīngchén

早晨 zǎochén
灰塵 huīchén
大臣 dàchén
焚燒 fénshāo
墳墓 fénmù
傷痕 shānghén
人民 rénmín
仁義 rényì
神仙 shénxiān
麵粉 miànfěn
很多 hěn duō
狠心 hěnxīn
誠懇 chéngkěn
墾荒 kěnhuāng
忍受 rěnshòu
診斷 zhěnduàn
麻疹 mázhěn
愚笨 yúbèn
趁機 chènjī
襯衣 chènyī
賑救 zhènjiù
年份 niánfèn
忿恨 fènhèn
憤怒 fènnù
大糞 dàfèn
刀刃 dāorèn

縫紉 féngrèn
腎臟 shènzhàng
震動 zhèndòng
鎮壓 zhènyā
陣地 zhèndì
婚姻 hūnyīn
來賓 láibīn
水濱 shuǐbīn
彬彬有禮 bīnbin-yǒulǐ
腦筋 nǎojīn
親切 qīnqiè
親近 qīnjìn
薪水 xīnshuǐ
無垠 wúyín
頻率 pínlǜ
隱蔽 yǐnbì
引路 yǐnlù
緊張 jǐnzhāng
敏感 mǐngǎn
閩南 mǐnnán
泯滅 mǐnmiè
鬢髮 bìnfà
擯除 bìnchú
韌性 rènxìng
謹慎 jǐnshèn
振奮 zhènfèn
深圳 shēnzhèn
因為 yīnwèi
殷懃 yīnqín
繽紛 bīnfēn
瀕臨 bīnlín
斤兩 jīnliǎng
毛巾 máojīn
辛苦 xīnkǔ
欣賞 xīnshǎng
銀色 yínsè
齒齦 chǐyín
芹菜 qíncài
烟癮 yānyǐn
飲料 yǐnliào
僅有 jǐnyǒu
憐憫 liánmǐn
器皿 qìmǐn
印章 yìnzhāng
出殯 chūbìn

第十七課　自己烹飪

1. 情景對話

Cài shàng qí le qǐng yòng ba
小　林：菜　上　齊　了，請　用　吧。

Quán shì nǐ zì jǐ zuò de ma
小　王：全　是　你　自己　做　的　吧？

Shì ya bù zhī hé bu hé nǐ de kǒuwèi
小　林：是　呀，不　知　合　不　合　你　的　口味。

Hěn hǎo zhēn shì sè xiāng wèi jùquán
小　王：很　好，真　是　色　香　味　俱全。

Nà jiù duō chī diǎn
小　林：那　就　多　吃　點。

Hǎo wǒ bù kèqi le
小　王：好，我　不　客氣　了。

2. 詞語

烹飪 pēngrèn	烹飪
俱全 jùquán	俱全
口味 kǒuwèi	口味

3. 知識要點

這一課對話裏，我們可以留意“俱全”這個詞。“全”是粵語區的人容易説錯的字，“俱全”很可能就説成了“巨船”。爲什麼粵語區的人會把“全”的韻母 üan 説成 uan 呢？這是因爲粵語的［ün］韻母字有一部分在普通話裏唸 uan，有一部分唸 üan，所以粵語區的人説普通話時難免有時把兩類字搞混，我們把一些該讀 üan 而容易讀錯爲 uan 的字列於下面的練習裏，請大家熟記。

4. 練習

讀出下列詞語，注意不要將帶點的字的韻母讀成 uan。

深淵 shēnyuān
鴛鴦 yuānyāng
杜鵑 dùjuān
涓滴 juāndī
宣誓 xuānshì
寒暄 hánxuān
一元 yī yuán
團員 tuányuán
姓袁 xìng Yuán
源泉 yuánquán
拳頭 quántou
完全 wánquán
旋轉 xuánzhuǎn
玄妙 xuánmiào
遠處 yuǎnchù
獵犬 lièquǎn
體院 tǐyuàn
怨恨 yuànhèn
家眷 jiājuàn
手絹 shǒujuàn
絢麗 xuànlì
冤家 yuānjiā
捐款 juānkuǎn
娟秀 juānxiù
圓圈 yuánquān
喧嘩 xuānhuá
軒昂 xuān'áng
公園 gōngyuán
猿猴 yuánhóu
原諒 yuánliàng
邊緣 biānyuán
權力 quánlì
痊癒 quányù
漩渦 xuánwō
懸掛 xuánguà
鬈髮 juǎnfà
選擇 xuǎnzé
願望 yuànwàng
證券 zhèngquàn
疲倦 píjuàn
勸告 quàngào

第十八課　回請朋友

1. 情景對話

Xiǎo Lín shàng cì zài nǐ jiā chī de nà dùn fàn ràng wǒ huíwèi-wúqióng
小王：小林，上次在你家吃的那頓飯讓我回味無窮。

Nà shénme shíhòu zài qǐng nǐ lái chī
小林：那什麼時候再請你來吃。

Bù wǒ bù shì zhè ge yì si Wǒ xiǎng jīn wǎn huí qǐng nǐ
小王：不，我不是這個意思。我想今晚回請你。

Bù bì kè qi le
小林：不必客氣了。

Bù shì kè qi Wǒ zì rán méiyǒu nǐ nà yī shǒu hǎo chú yì tè bié huí qǐng nǐ háiyǒu yī ge mù di jiù shì ràng nǐ lái zhǐdǎo zhǐdǎo wǒ pēngrèn xī wàng nǐ bù yào tuī cí
小王：不是客氣。我自然没有你那一手好厨藝，特别回請你，還有一個目的就是讓你來指導指導我烹飪，希望你不要推辭。

Nà hǎo ba wǒ yě jiù bù kè qi le
小林：那好吧，我也就不客氣了。

2. 詞語

回味無窮 huíwèi-wúqióng	回味無窮，食過返尋味
意思 yìsi	意思

回請 huí qǐng　　回請，請返
特別 tèbié　　特別
厨藝 chúyì　　厨藝
目的 mùdi　　目的
指導 zhǐdǎo　　指導
推辭 tuīcí　　推辭

3. 知識要點

在這一課對話中，我們可以留意“特別”這個詞，“特”在粵語中聲母是讀爲 d 聲母，而在普通話裏則改讀爲 t 聲母，由原來的不送氣變爲送氣了，類似的還有“踏步”的“踏”，“突出”的“突”，對於這些字我們要注意讀準，否則“踏步”就變成了“大步”，“突出”就變成了“督促（dūcù）”。類似的字並不多，我們在下面的練習中列出，請大家記住。

4. 練習

踏實 tāshí　　特別 tèbié
突變 tūbiàn　　凸出 tūchū

第十九課　客隨主便

Xiǎo Lín jīntiān běnlai nǐ shì kèrén kě wǒ què
小王：小林，今天本來你是客人，可我卻
ràng nǐ zài chúfáng máng le bàn tiān
讓你在厨房忙了半天。

Zhè méi shénme wǒ zài jiā yěshì zuò guàn le de
小林：這没什麼，我在家也是做慣了的。

Kuàikuai qǐng zuòdào zhè biān lai
小王：快快，請坐到這邊來。

Nà shì zhǔrén wèi nǐ zuò ba wǒ zuò zhè li jiù
小林：那是主人位，你坐吧，我坐這裏就
xíng le
行了。

Bù bu nà ge zuòwèi tài zhǎi le nǐ háishì zuò
小王：不不，那個座位太窄了，你還是坐
guò lai ba
過來吧。

Gōngjìng bù rú cóng mìng zhǐhǎo bàoqiàn zhànjù nǐ
小林：恭敬不如從命，只好抱歉佔據你
de bǎozuò le
的寶座了。

2. 詞語

客人 kèrén	客人，人客
恭敬 gōngjìng	恭敬
抱歉 bàoqiàn	抱歉，唔好意思

3. 知識要點

"抱歉"是一個經常用到的詞語，我們要注意"抱"字的讀音，"抱"在粵語裏聲母爲 p，而在普通話裏則改讀爲不送氣的 b，類似的字還有好些，如"蝙蝠"的"蝙"，"棒子"的"棒"，假如我們不留意，就會將"蝙蝠"誤作"篇幅"，將"棒子"誤作"胖子"。下面我們把這一類字在練習中列出，請大家注意分辨。

4. 練習

讀出下列詞語，請注意不要將加點的字的聲母讀作 p。

扒拉 bālā	柏樹 bǎishù
棒子 bàngzi	大蚌 dà bàng
豹皮 bàopí	停泊 tíngbó
倍數 bèishù	彼岸 bǐ'àn
庇護 bìhù	復辟 fùbì
編寫 biānxiě	蝙蝠 biānfú
遍地 biàndì	瀕危 bīnwēi

第二十課　店門標誌

1. 情景對話

Xiǎo Lǐ nǐ kàn qiánmiàn nà jiā bù zhī shì shēnme diàn mén qián guàzhe liǎng ge xiàng shì dēnglóng de dōngxi

小劉：小李，你看前面那家不知是什麽店，門前掛着兩個像是燈籠的東西。

Nà bù shì dēnglóng dēnglóng shì yuán de ér tā shì yuántǒng xíng de dǐxia hái chuízhe chángchang de liúsū nà jiào zuò huǎngzi Nà jiā diàn kěndìng shì jīngyíng běifāng cài de fànguǎn

小李：那不是燈籠，燈籠是圓的，而它是圓桶型的，底下還垂着長長的流蘇，那叫做幌子。那家店肯定是經營北方菜的飯館。

Nǐ wèi shénme zhème kěndìng ne

小劉：你爲什麼這麼肯定呢？

Zài běifāng fàndiàn mén qián dōu yǒu guà huǎngzi de xíguàn yībān shì hóngsè de jiǎrú shì qīngzhēn fàndiàn zé guà lánsè de Nánfāng de fàndiàn jiù méiyǒu zhè zhǒng xíguàn

小李：在北方，飯店門前都有掛幌子的習慣，一般是紅色的，假如是清真飯店，則掛藍色的。南方的飯店就没有這種習慣。

Yuánlai shì zhèyàng

小劉：原來是這樣。

Zhè xiē huǎng zi hái tòu lù zhe lìngwài de xìn xī jiù shì guà
小　李：這 些 幌 子 還 透露 着 另外 的 信息，就 是 掛
zhe biǎoshì zhèngzài yíngyè shōu qǐ lai jiù biǎoshì dǎyàng le
着 表示 正在 營業，收 起來 就 表示 打烊 了。

Nǐ bù shuō wǒ hái zhēn bù zhīdào ne
小　劉：你 不 說 我 還 真 不 知道 呢！

2. 詞語

燈籠 dēnglóng　　燈籠
幌子 huǎngzi　　幌子
肯定 kěndìng　　肯定
飯館 fànguǎn　　飯店
圓桶 yuántǒng　　圓桶
流蘇 liúsū　　流蘇
習慣 xíguàn　　習慣
透露 tòulù　　透露
信息 xìnxī　　信息
營業 yíngyè　　營業
打烊 dǎyàng　　閂門，收檔

3. 知識要點

這課對話裏的“打烊”，是一個北方方言詞語，粵語裏並沒有這個“烊”字，所以粵語區的人說普通話時有時會搞錯它的聲調，把它說成陽平，這是需要注意的。這裏順帶說一些普通話應該讀去聲，而粵語區的人容易將它們讀作陽平調的字，這些字列在下面的練習裏，請大家熟悉熟悉。

4. 練習

泥濘 nínìng　　傍晚 bàngwǎn 不要讀（páng）
目眩 mùxuàn　　炫耀 xuànyào
絢爛 xuànlàn　　徇私 xùnsī
脚鐐 jiǎoliào　　釉彩 yòucǎi
市儈 shìkuài　　醞釀 yùnniàng　　打烊 dǎyàng

服 飾

第二十一課 選西裝

1. 情景對話

Zhè lǐ dōushì nánshì fú zhuāng qù kànkan xī zhuāng hé
丈 夫：這裏 都是 男士 服 裝，去 看看 西 裝，合
shì jiù mǎi yī tào
適 就 買 一 套。

Zhè tào shēn huī sè de kàn shangqu bù cuò nǐ xǐ
妻 子：這 套 深 灰色 的 看 上去 不 錯，你 喜
bu xǐ huan zhè yán sè
不 喜歡 這 顏色？

Yán sè kě yǐ wǒ méiyǒu huī sè xī fú shìshi zhè tào
丈 夫：顏色 可以，我 没有 灰 色 西服，試試 這 套
kàn hé bu héshēn
看 合 不 合身？

Zhè tào shì zhōng hào de tài xiǎo le nǐ yào
妻 子：這 套 是 中 號 的，太 小 了，你 要
chuān dà hào de
穿 大 號 的。

Nǐ kànkan zhè tào chuān qi lai zěnyàng
丈 夫：你 看看，這 套 穿 起來 怎樣？

Yī fu hái hé shì dàn liào zi chà yī xiē Xī fú yào
妻 子：衣服 還 合適，但 料子 差 一些。西服 要
xuǎn liào zi gāodàng xiē de chuān qǐ lai cái gòu
選 料子 高檔 些 的，穿 起來 才 够

qì pai
氣派。

2．詞語

男士服裝 nánshì fúzhuāng	男士服裝
西服 xīfú	西裝
合身 héshēn	啱身
氣派 qìpài	派頭
顏色 yánsè	顏色
高檔 gāodàng	高檔
挑選 tiāoxuǎn	揀

3．知識要點

①“西服”、“西裝”

“西服”在粵語裏一般講“西裝”，比較少説“西服”。普通話裏經常説“西服”，現在“西裝”的説法已被吸收進普通話。

②鼻音 n 和邊音 l。

講粵語的人説普通話經常分不清鼻音 n 和邊音 l，“買西裝”的情景中“男”（nán）和“你”（nǐ）的聲母是鼻音 n，“這裏”的“裏”（lǐ）聲母是邊音 l。分辨鼻音和邊音字，可以借助漢字聲旁進行類推，例如聲旁是“寧”的字，聲母往往是 n，如“擰、濘、檸、嚀”等；聲旁是“侖”的字，聲母往往是 l 是如“論、輪、淪、倫、圇”等。也可以採用“記少不記多”的方法，聲母 n 的字比較少，記住聲母 n 的字，其他自然是聲母 l 的字了。

4．練習

讀下面的詞，注意鼻音和邊音的區別。

哪裏 nǎli——喇叭 lǎbā

難色 nánsè——藍色 lánsè

想念 xiǎngniàn——項鏈 xiàngliàn

愛女 àinǚ——愛侶 àilǚ

惱怒 nǎonù——老路 lǎolù

無奈 wúnài——無賴 wúlài

泥巴 níbā——籬笆 líbā
新娘 xīnniáng——新糧 xīn liáng
濃膩 nóngnì——農曆 nónglì
牛年 níu nián——流連 liúlián

第二十二課　挑套裝

1. 情景對話

Xiǎo Lǐ zhèxiē tàoqún hěn piàoliang zuì shìhé nǐmen
王老師：小李，這些套裙很漂亮，最適合你們
zhèxiē bàngōnglóu de zhíyuán chuānzhuó
這些辦公樓的職員穿着。

Zhèxiē zhíyè nǚxìng de tàofú nǐmen zuò lǎoshī de
小　李：這些職業女性的套服，你們做老師的
yě shìhé chuān nǐ tiāo yī tào chuān lai shìshi
也適合穿，你挑一套穿來試試
kàn
看。

Zhè tào qiǎn lánsè tàoqún kuǎnshì hěn biézhì wǒ shì
王老師：這套淺藍色套裙款式很別緻，我試
yi shì
一試。

Nǐ chuān zhè tào fúzhuāng hěn hǎokàn yòu diǎnyǎ
小　李：你穿這套服裝很好看，又典雅
yòu duānzhuāng dàxiǎo zhèng héshì
又端莊，大小正合適。

Zhème xīncháo de fúzhuāng wǒ zhè ge zhíyè chuān
王老師：這麽新潮的服裝我這個職業穿
xíng bu xíng
行不行？

Zěnme bù xíng Zhè tào yīfú kuǎnshì xīngyǐng dàn
小　李：怎麽不行？這套衣服款式新穎但
hěn dàfāng yīdiǎn yě bù huāshao mǎi ba
很大方，一點也不花哨，買吧。

2．詞語

普通話	粵語
套裝 tàozhuāng	套裝
大方 dàfāng	大方
花哨 huāshao	花哋
典雅端莊 diǎnyǎ duānzhuāng	典雅端莊
款式新穎 kuǎnshì xīnyǐng	款式新穎
正合適 zhèng héshì	啱啱好

3．知識要點

①普通話的“合適”和粵語的“啱”

粵語的“啱”有“剛剛”、巧”、“合適”等多種不同意思，在普通話裏要根據具體意思選用不同的詞語。例如“大細啱好”的“啱好”，普通話是“合適”。“呢件事啱曬你做”的“啱”，普通話是“正合適”。“啱走”的“啱”普通話是“剛剛”。

②普通話“挑”、“選”和粵語“揀”

表示“選擇”的意思，粵語說“揀”，普通話較少說“揀”，多用“挑選”，也可以單獨說“挑”或“選”。

4．練習

把下面的粵語說成普通話。

①噉啱嘅，佢啱啱走你就嚟。你嚟得啱啦，呢件事最啱你做嘞。

②唔知呢種款嘅衫啱唔啱佢心水？

5．參考答案

①
Zhème qiǎo tā gāng zǒu nǐ jiù lái Nǐ lái de zhèng hǎo
這麼巧，他剛走你就來。你來得正好，
zhè jiàn shì nǐ zuò zuì héshì
這件事你做最合適。

②
Bù zhī zhè zhǒng kuǎnshì de yīfú hé bu hé tā xīnyì
不知這種款式的衣服合不合她心意？

第二十三課　買牛仔服

1．情景對話

Mā wǒ xiǎng mǎi jiàn niúzǎi fú
女　兒：媽，我 想 買 件 牛仔服。

Nǐmen zhèxiē niánqīngrén zěnme nàme xǐhuan chuān niúzǎi fú
媽　媽：你們 這些 年輕人 怎麼 那麼 喜歡 穿 牛仔服？

Niúzǎi fú cūguǎng yěxìng chuān qǐlai gòu xiāosǎ quán shìjiè de niánqīng rén dōu xǐhuan chuān niúzǎi fú
女　兒：牛仔服 粗獷、野性，穿 起來 够 瀟灑，全 世界 的 年輕 人 都 喜歡 穿 牛仔服。

Nà yěshì niúzǎi fú shíyòng nài chuān Nǐ zìjǐ kànkan xǐhuan nǎ yī jiàn
媽　媽：那 也是，牛仔服 實用 耐 穿。你 自己 看看 喜歡 哪 一 件？

Zhè jiàn yīfu chuān de hěn shūfu jiù mǎi zhè jiàn hǎo ma
女　兒：這 件 衣服 穿 得 很 舒服，就 買 這 件 好 嗎？

Nǐ xǐhuan jiù mǎi ba
媽　媽：你 喜歡 就 買 吧。

2．詞語

牛仔服 niúzǎifú	牛仔裝
野性 yěxìng	野性
耐穿 nài chuān	噤着
粗獷瀟灑 cūguǎng xiāosǎ	粗獷瀟灑

實用 shíyòng　　實用

3．知識要點

①普通話“穿”和粵語“着”

粵語“着衫”、“着鞋”的“着”是方言詞，在普通話裏説“穿”、“穿衣服”、“穿鞋”。除了“着裝”以外，表示“穿”的動作普通話不能説“着”。

②普通話“喜歡”和粵語“中意”

“中意”是粵方言詞，在普通話裏不能説“中意”，應該説“喜歡”、“喜愛”。如“我好中意呢件衫。”“我中意打籃球。”普通話是“我很喜歡這件衣服。”“我喜愛打籃球。”

4．練習

把下面的粵語説成普通話。

①你中意着西裝定係着牛仔裝？

②運動會要統一衣着，一律着藍色運動衣。

5．參考答案

Nǐ xǐhuan chuān xī fú háishì chuān niúzǎi fú
① 你 喜歡 穿 西服 還是 穿 牛仔服？

Yùndònghuì yào tǒngyī zhuózhuāng yī lǜ chuān lán sè yùndòng fú
② 運動會 要 統一 着裝，一律 穿 藍色 運動服。

第二十四課　穿休閒服

1．情景對話

He xiǎo Chén nǐ chuān de xiūxián fú shì xīn mǎi de
小　李：嗬，小陳，你穿的休閒服是新買的？

Shì a Xiànzài rénmen xǐhuan chuān xiūxián fú suǒyǐ wǒ yě mǎi yī jiàn
小　陳：是啊。現在人們喜歡穿休閒服，所以我也買一件。

Xiūxián fú suí yì kuānsōng bù xiàng xī fú nàme duō jiǎngjiu chú le zhèngshì chǎnghé yǐwài shénme shíhòu chuān dōu xíng
小　李：休閒服隨意寬鬆，不像西服那麼多講究，除了正式場合以外什麼時候穿都行。

Nǐ kànkan zhè jiàn yī fú wǒ chuān hǎo bu hǎo kàn
小　陳：你看看這件衣服我穿好不好看？

Nǐ chuān qǐ lái hěn hǎo kàn Duōshǎo qián yī jiàn
小　李：你穿起來很好看，多少錢一件？

Yībǎi yuán bù guì hěn hésuàn nǐ yě mǎi yī jiàn ba
小　陳：100元，不貴，很合算，你也買一件吧。

2. 詞語

休閒服 xiūxiánfú	休閒裝
隨意寬鬆 suíyì kuānsōng	隨意寬鬆
很合算 hěn hésuàn	好抵
不講究 bù jiǎngjiu	唔講究
貴不貴 guì bu guì	貴唔貴

3. 知識要點

①普通話的"合算"和粵語的"抵"

粵語的"抵"是方言詞，不能用在普通話裏，普通話說"合算"、"划得來"。例如："呢件衫50蚊，好抵喔。""條裙買貴咗，真係唔抵嘞。"普通話是"這件衣服50元，很合算。""裙子買貴了，真是划不來。"

②前鼻音韻母 in 和後鼻音韻母 ing

使用粵語的人講普通話時經常分不清前鼻音 in 和後鼻音 ing。這一課情景中出現的"新"（xīn）的韻母是前鼻音，"行"（xíng）的韻母是後鼻音。發韻尾 n 時，舌尖輕輕抵住上齒齦，發韻尾 ng 時，舌根輕輕抵住軟腭，n，ng 這兩個輔音充當韻尾時都沒有除阻的階段。掌握這兩個韻母的正確發音後，再進一步分別記住它們的常用字。

4. 練習

讀下面的詞，注意前鼻音韻母和後鼻音韻母的區別。

人民 rénmín——人名 rénmíng
銀瓶 yín píng——熒屏 yíngpíng
樹林 shùlín——樹齡 shù líng
抱緊 bào jǐn——報警 bào jǐng
頻繁 pínfán——平凡 píngfán
引子 yǐnzi——影子 yǐngzi
親情 qīnqíng——傾情 qīngqíng
金星 jīnxīng——精心 jīngxīn
您好 nín hǎo——擰好 nínghǎo
今天 jīntiān——驚天 jīngtiān

第二十五課　買大衣

1. 情景對話

Xiǎojiě zhèzhǒng dà yī yǒu méi yǒu dà hào de
顧　客：小姐，這種大衣有没有大號的？

Duìbu qǐ dà hào mài wán le Nǐ shìshi zhōng hào hé bu héshì
售貨員：對不起，大號買完了。你試試中號合不合適。

Zhōng hào xiǎo le diǎn máfan nǐ qù cāngkù kàn kan hái yǒu méiyǒu dà hào de
顧　客：中號小了點，麻煩你去倉庫看看還有没有大號的。

Dùibu qǐ cāngkù yě méiyǒu le Zhèzhǒng kuǎnshì de dà yī jìn huò bù duō quánbù dōu bǎi chūlai le
售貨員：對不起，倉庫也没有了。這種款式的大衣進貨不多，全部都擺出來了。

Zhème hǎo mài Wǒ hěn xǐhuan zhè jiàn dà yī de yàng zi
顧　客：這麼好賣？我很喜歡這件大衣的樣子。

Nǐ zài kànkan qí tā kuǎnshì yǒu méiyǒu nǐ xǐhuan de Zhèxie dōushì xīn dào de dà yī
售貨員：你再看看其他款式有没有你喜歡的。這些都是新到的大衣。

2. 詞語

大衣 dàyī	褸
賣完了 mài wán le	賣晒嘞

小了 xiǎo le　　　　細咗
對不起 duìbuqǐ　　　　對唔住
大中小號 dà zhōng xiǎo hào　　　　大中細碼
新到的 xīn dào de　　　　新到嘅

3. 知識要點

普通話表示“全部”、“完了”的意思和粵語的“晒”

粵語“晒”作副詞在句子中充當狀語的時候，表示“都”、“全部”的意思，如“攞晒出嚟喇”，普通話是“都拿出來了”。注意：普通話作狀語的“全部”、“都”要放在動詞前面，而粵語“晒”往往放在動詞後面。“晒”在動詞後面作補語的時候是表示“完了”的意思，如“中號褸賣晒嘞”，普通話是“中號大衣賣完了”。“晒”是方言詞，不能用在普通話裏，說普通話的時候要根據具體語境和意思選用不用的詞語。

4. 練習

把下面的粵語說成普通話。

①呢度啲褸我都睇勻晒啦，中意嘅嗰啲款剩得細碼，中碼又賣晒嘞。

②今晚啲節目全部演完晒喇，等啲人行晒我地至行啦。

5. 參考答案

Zhèlǐ de dà yī wǒ dōu kànguo le xǐhuan de nà zhǒng
① 這裏 的 大衣 我 都 看過 了，喜歡 的 那 種
kuǎnshì zhǐ shèngxià xiǎo hào zhōng hào mài wán le
款式 只 剩下 小 號，中 號 賣 完 了。

Jīnwǎn de jiémù quánbù yǎn wán le děng biérén dōu zǒu
② 今晚 的 節目 全部 演 完 了，等 别人 都 走
le wǒmen zài zǒu ba
了 我們 再 走 吧。

第二十六課　試裙子

1. 情景對話

Xiǎojiě wǒ shìshi zhè tiáo liānyīqún xíng bu xíng
顧　客：小姐，我試試這條連衣裙行不行？

Kěyǐ qǐng dào nà biān shìyīshì zěnmeyàng qúnzi héshì ma
售貨員：可以，請到那邊試衣室。……怎麼樣，裙子合適嗎？

Qúnzi dà xiǎo hái héshì dàn wǒ chuān qǐlai bù dà hǎo kàn
顧　客：裙子大小還合適，但我穿起來不大好看。

Bù xǐhuān méi guānxì Nǐ zài kànkan qítā kuǎnshì de
售貨員：不喜歡没關係。你再看看其他款式的。

Wǒ shìshi zhè tiáo cháng qún kànkan zěnyàng Qúnzi tài cháng le Zhēn bù hǎo yìsī shì le hǎo jǐ tiáo dōu méiyǒu mǎnyì de
顧　客：我試試這條長裙看看怎樣。裙子太長了。真不好意思，試了好幾條都没有滿意的。

Méi guānxì bù mǎnyì kěyǐ bù mǎi Huānyíng nǐ xiàcì zài lái
售貨員：没關係，不滿意可以不買。歡迎你下次再來。

2. 詞語

普通話	粵語
裙子 qúnzi	裙
滿意 mǎnyì	滿意，中意
歡迎 huānyíng	歡迎
試衣室 shìyīshì	試身室
好看 hǎokàn	好睇

3. 知識要點

①普通話“没關係”、“不要緊”和粵語“唔緊要”

粵語“唔緊要”是方言説法，普通話説“没關係”或者是“不要緊”。“緊要”在普通話裏要倒過來説“要緊”，“不要緊”，不能説“不緊要”。普通話的“緊要”是緊急重要的意思，如“緊要關頭”，這個意思粵語也説“緊要”。

②普通話“太長”和粵語“長過頭”

表示某種狀態的程度，普通話通常是在形容詞前面加上表示程度的副詞，如“太長”、“很長”。而粵語一般有兩種表示法，第一種和普通話相同，也説“太長”、“好長”。第二種表示法，是在形容詞後面加上補語“過頭”，如“長過頭”，這種説法普通話不能用。

4. 練習

把下面的粵語説成普通話。

①呢啲裙你可以試吓，唔買都唔緊要㗎。

②件衫長過頭喇。長咗唔緊要，可以改短啲。

5. 參考答案

Zhèxiē qún zi nǐ kě yǐ shìshi bù mǎi yě méi guān xì
① 這些 裙子 你 可以 試試，不 買 也 没 關係。

Yī fú tài cháng le Cháng le bù yàojǐn kě yǐ gǎi duǎn xiē
② 衣服 太 長 了。長 了 不 要緊，可以 改 短 些。

第二十七課　內衣品種

1. 情景對話

Xiǎojiě zhè zhǒng bèixīn shì bu shì miánzhì de
顧　客：小姐，這種背心是不是棉質的？

Zhè zhǒng shì hùnfǎng de nàxie cái shì quán mián
售貨員：這種是混紡的，那些才是全棉。

Nǐ yào nǎ zhǒng
你要哪種？

Nèiyī Wǒ xǐhuan chuān miánzhì de Ná nà jiàn yǒu
顧　客：內衣我喜歡穿棉質的。拿那件有

huābiān de gěi wǒ kànkan
花邊的給我看看。

Nà zhǒng zhǐyǒu xiǎo hào de nǐ chuān kěnéng xiǎo
售貨員：那種只有小號的，你穿可能小

le Zhè zhǒng yǒu zhōng hào hé dà hào huābiān
了。這種有中號和大號，花邊

yě hǎo kàn
也好看。

Mǎi yī jiàn zhōng hào de Wǒ hái xiǎng mǎi yī
顧　客：買一件中號的。我還想買一

jiàn jiǔshíwǔ gōngfēn de nán hànshān
件95公分的男汗衫。

Zhè zhǒng yībǎi zhī shā de shì guó chǎn míngpái
售貨員：這種100支紗的是國產名牌

nèiyī chuān qǐlai bù huì zhān zài shēnshang hěn
內衣，穿起來不會粘在身上，很

shūfu de
舒服的。

2．詞語

内衣 nèiyī	底衫
背心 bèixīn	背心
汗衫 hànshān	汗衫
棉質 miánzhì	棉質
混紡 hùnfǎng	混紡
不粘 bù zhān	唔黐，爽

3．知識要點

①普通話的“衣服”和粵語的“衫”

粵語的“衫”可以單用泛指各種衣服，普通話説“衣服”。如“起身快啲着衫”，普通話説“起床快點穿衣服”。普通話的“衫”是指穿在上身的單衣，多作構成合成詞的語素，如“襯衫”、“汗衫”，粵語的“衫”也有這種用法，如“恤衫”、“汗衫”。

②普通話“粘”和粵語“黐”

粵語“黐”是方言詞，不能用在普通話裏，普通話要説“粘”。“粘”是多音字，表示膠水漿糊等具有的性質讀 nián，也可以寫作“黏”，通常作形容詞，如“膠水很黏（nián）”。表示黏性的東西附着在另一物體上的時候讀 zhān，通常作動詞。如“用漿糊把通知粘（zhān）在墻上”。

4．練習

把下面的粵語説成普通話。

①唔知道係乜嘢黐咗落衫度，搞到泅黐黐。

②呢三件衫係邊個㗎？嗰件白恤衫同碎花嘅睡衣係我嘅。

5．參考答案

Bù zhīdào shì shénme dōngxī zhānzài yīfu shang lòng de niánhūhu de

①不知道是什麼東西粘在衣服上，弄得黏乎乎的。

Zhè sān jiàn yīfu shì shuí de Nà jiàn bái chènshān hé suìhuā de shuìyī shì wǒ de

②這三件衣服是誰的？那件白襯衫和碎花的睡衣是我的。

第二十八課　買褲子

1. 情景對話

Xiānsheng shì bu shì xiǎng mǎi kù zi Xiǎng mǎi báo
售貨員：先生，是不是想買褲子？想買薄

de háishì hòu de
的還是厚的？

Wǒ xiǎng mǎi tiáo báo yī diǎn r de kù zi Nǐ kàn
顧　客：我想買條薄一點兒的褲子。你看

kan wǒ yào chuān duō dà hào de cái héshì
看我要穿多大號的才合適？

Wǒ gěi nǐ liángliang yāowei Yāowéi qīshíbā gōngfēn
售貨員：我給你量量腰圍。腰圍 78 公分，

mǎi dà hào de
買大號的。

Wǒ shìshi zhè tiáo kù zi qí tā dōu héshì jiùshì
顧　客：我試試這條褲子。……其他都合適，就是

tài cháng le
太長了。

Cháng le kě yǐ miǎn fèi gěi nǐ gǎi duǎn shí fēn
售貨員：長了可以免費給你改短，10 分

zhōng jiù kě yǐ qǔ
鐘就可以取。

Fúwù zhème zhōudào nà jiù mǎi yī tiáo ba
顧　客：服務這麼週到，那就買一條吧。

2. 詞語

褲子 kùzi　　　　褲

厚薄 hòubó　　　　厚薄

免費 miǎn fèi	唔使錢
腰圍 yāowéi	腰圍
長短 cháng duǎn	長短
服務週到 fúwù zhōudào	服務週到

3. 知識要點

多音字“薄”的讀音

粵語“薄”只有一個讀音［pɔk²］，在普通話裏“薄”是多音字。①跟“厚”相對和表示“冷淡”、“不濃”等意思，在口語音裏和作單音節詞時，“薄”讀 báo，例如“薄紙”、“薄餅”“情分不薄”、“衣服很薄”。②表示“輕微”、“輕視”、“不厚道”、“迫近”等意思，在成語中或作合成詞的語素時，“薄”讀 bó，例如“薄利多銷”，“刻薄”，“厚薄”，“日薄西山”。③“薄荷”的“薄”讀 bò。

4. 練習

（1）讀下面的詞，注意“薄”的讀音。

薄情 bó qíng	薄命 bó mìng
薄禮 bó lǐ	薄脆 báocuì
薄弱 bóruò	地薄 dì báo

身體單薄 shēntǐ dānbó

衣服單薄 yīfú dānbáo

厚此薄彼 hòucǐ-bóbǐ

（2）把下面的粵語説成普通話。

嗰件薄絨褸我着短過頭喇，你着就啱好。

5. 參考答案

Nà jiàn báo ní zi dà yī wǒ chuān tài duǎn le nǐ chuān
那 件 薄 呢子 大衣 我 穿 太 短 了，你 穿

zhèng héshì
正 合適。

第二十九課　毛衣和毛線

1. 情景對話

Ā mēi nǐ kàn zhè jiàn tào tóu de máo yī hǎo piàoliang a
阿紅：阿梅，你看這件套頭的毛衣好漂亮啊。

Wǒ xiǎng mǎi yī jiàn kāi xiōng de máo wàitào Nǐ bāng wǒ kànkan nǎ jiàn yàng zi hǎo kàn
阿梅：我想買一件開胸的毛外套。你幫我看看哪件樣子好看。

Zhè jiàn hóng sè de nǐ xǐ bu xǐhuan
阿紅：這件紅色的你喜不喜歡？

Yán sè hé kuǎnshì wǒ dōu xǐ huan dàn kě xī bu shì chún yángmáo de
阿梅：顏色和款式我都喜歡，但可惜不是純羊毛的。

Zhè lǐ chún yángmáo de wàitào kuǎnshì yī bān wǒ dōu kàn bu shàng Ei nǐ biǎomèi bù shì hěn huì zhī máo yī ma
阿紅：這裏純羊毛的外套款式一般，我都看不上。哎，你表妹不是很會織毛衣嗎？

Wǒ zěnme wàng le tā zhī de máo yī déguo jiǎng Gāncuì wǒ mǎi liǎngjīn xì máoxiàn ràng tā gěi wǒ zhī yī jiàn
阿梅：我怎麼忘了，她織的毛衣得過奬。乾脆我買兩斤細毛線讓她給我織一件。

2. 詞語

毛衣 máoyī	冷衫
套頭 tàotóu	過頭揤
開胸 kāixiōng	對胸
細（粗）毛線 xì（cū）máoxiàn	幼（粗）冷
純羊毛 chún yángmáo	純羊毛
織 zhī	織

3. 知識要點

(1) 粵語的“冷衫”和普通話的“毛衣”

“冷衫”是粵方言，不能用在普通話裏，普通話應該説“毛衣”。織毛衣用的毛線，粵語説“冷”，“粗冷”、“幼冷”都是粵方言詞，普通話説“毛線”、“粗毛線”、“細毛線”。

(2) 在是非問句中普通話和粵語的語氣詞“嗎”和“咩”

在是非問句中粵語的語氣助詞是“咩”，普通話是“嗎”。例如“她識織冷衫咩?”普通話是“她會織毛衣嗎?”這個語氣詞在反問句裏也可以使用，如“你真嘅唔知道咩?”普通話説“你真不知道嗎?”

4. 練習

把下面的粵語説成普通話。

①你暑假去北京咩?

②你未見過佢嗰件冷衫咩? 係佢自己織嘅，好靚㗎。

5. 參考答案

	Nǐ	shǔjià	dào	Běijīng	qù	ma
①	你	暑假	到	北京	去	嗎?

	Nǐ	méi	jiànguo	tā	nà	jiàn	máo yī	ma	Shì	tā	zì jǐ	zhī
②	你	没	見過	她	那	件	毛衣	嗎?	是	她	自己	織
	de	hěn	hǎo	kàn								
	的,	很	好	看。								

第三十課　退換童裝

1. 情景對話

Xiǎojiě zuótiān wǒ zài zhèlǐ mǎi de tóngqún xiǎo

顧　客：小姐，昨天我在這裏買的童裙小

le néng bu néng huàn tiáo dà diǎnr de ne

了，能不能換條大點的呢？

Zhè zhǒng xiǎo tóngqún méiyǒu dà de le Yàobù nǐ

售貨員：這種小童裙没有大的了。要不你

huàn lìng yī zhǒng qúnzi hǎo bu hǎo

換另一種裙子好不好？

Nà wǒ tuì le zhè tiáo qúnzi huàn yī tiáo bēidài

顧　客：那我退了這條裙子，換一條背帶

qún ba Wǒ hái xiǎng mǎi tào yīng'ér fú

裙吧。我還想買套嬰兒服。

Yīng'ér fú zài nà biān guìtái nǐ kànkan yào nǎ

售貨員：嬰兒服在那邊櫃枱，你看看要哪

zhǒng

種？

Yào yī tào huáng se de Wǒ tuì yī tiáo qúnzi

顧　客：要一套黄色的。我退一條裙子，

mǎi liǎng jiàn yīfú nǐ suànsuan háiyào jiāo duōshǎo

買兩件衣服，你算算還要交多少

qián

錢？

Nǐ zài gěi sānshíyī yuán wǔ jiǎo qǐng qù shōukuǎn

售貨員：你再給31元5角，請去收款

tái jiāo qián

枱交錢。

2．詞語

退換 tuìhuàn	退換
童裙 tóngqún	妹裙
算算 suànsuan	計計
背帶裙 bēidàiqún	吊帶裙
嬰兒服 yīng'érfú	B B 衫
收款枱 shōukuǎntái	收銀櫃

3．知識要點

普通話和粵語選擇複句的關聯詞。

粵語和普通話在選擇複句中用的關聯詞是不同的。①表示兩者選一，粵語常用“唔係……就係”、“一係……一係……”，普通話用“不是……就是……”、“要麼……要麼”，如“唔係出街就係喺屋企”，普通話説“不是上街就是在家裏”。②表示多項選擇，粵語常用“一係”、“係……定係……”，普通話則用“或者”、“是……還是……”。例如：“一係我去，一係你去，一係佢去”。普通話是“或者我去，或者你去，或者他去。”③表示定位選擇，粵語常用“……不如……”、“寧願……都唔……”，普通話常用“與其……不如……”、“寧可（寧願）……也不（不願）……”。例如：“畀佢做不如畀我做。”“寧願靠自己，都唔靠人哋。”普通話説“與其給他做不如給我做。”“寧願靠自己，也不靠別人。”

4．練習

把下面的粵語説成普通話，注意表示選擇關係的連詞的區別。

①寧願買貴啲，都唔買冒牌貨。

②着連衣裙，定係着吊帶裙，隨你中意啦。

5．參考答案

Nìngyuàn mǎi guì diǎnr yě bù mǎi màopái huò
① 寧願 買 貴 點，也 不 買 冒牌 貨。

Chuān lián yī qún háishì chuān bēidàiqú suí nǐ de biàn
② 穿 連衣裙 還是 穿 背帶裙，隨 你 的 便。

第三十一課　買運動服

1. 情景對話

Xiǎo Wáng hé wǒ yī qǐ qù mǎi yùndòng fú ba wǒ
小李：小王，和我一起去買運動服吧，我

yī ge rén ná bu dìng zhǔ yì mǎi nǎ zhǒng yàngshì
一個人拿不定主意買哪種樣式

hǎo
好。

Hǎo ba wǒ yě zhèng xiǎng qù mǎi yī jiàn yóu
小王：好吧，我也正想去買一件游

yǒng yī
泳衣。

Zhè lǐ zhème duō yùndòng fú nǐ kàn mǎi nǎ zhǒng
小李：這裏這麼多運動服，你看買哪種

yán sè de hǎo
顏色的好？

Yùndònghuì chū chǎng fú zhuāng yào xiānyàn yī diǎn
小王：運動會出場服裝要鮮艷一點

hǎo gěi rén gǎnjué tè bié bù tóng de
好，給人感覺特別不同的。

Nà zhǒng lǜ sè pèi bái sè de hǎo ma
小李：那種綠色配白色的好嗎？

Kě yǐ ya Ai nǐ kàn nà jiàn hóng huā yǒng yī duō
小王：可以呀。哎，你看那件紅花泳衣多

zhāoyǎn wǒ xǐ huan zhè zhǒng xiānyànduómù de yóuyǒng
招眼，我喜歡這種鮮艷奪目的游泳

yī
衣。

2. 詞語

運動服 yùndòngfú	運動衣
鮮艷奪目 xiānyànduómù	鮮艷奪目
游泳衣 yóuyǒngyī	游泳衣
招眼 zhāoyǎn	搶眼

3. 知識要點

①普通話的“拿不定主意”和粵語的“揸唔定主意”

“揸唔定主意”是方言說法，普通話要說“拿不定主意”。粵語的“揸”是普通話“拿”的意思，如“佢揸住把扇”，普通話是“他拿着一把扇子”。

②普通話的“招眼”、“顯眼”和粵語的“搶眼”

惹人注目，粵語說“搶眼”，普通話說“招眼”、“顯眼”。如“嗰件游泳衣顏色好搶眼”，普通話是“那件游泳衣顏色很招眼”。

4. 練習

把下面的粵語說成普通話。

①去定唔去你自己揸主意喇，我唔敢幫你做主。

②嗰個廣告牌做到咁大，够晒搶眼喇。

5. 參考答案

Qù háishì bù qù nǐ zì jǐ ná zhǔ yì ba wǒ bù gǎn gěi nǐ zuò zhǔ
① 去 還是 不 去 你 自己 拿 主意 吧，我 不 敢 給 你 做 主。

Nà ge guǎnggàopái zuòde nàme dà zhēn gòu yǐn rén zhùmù de
② 那 個 廣告牌 做得 那麽 大，真 够 引 人 注目 的。

第三十二課　去鞋店

1. 情景對話

Ā méi dào xié diàn qù kànkan
阿　玲：阿 梅，到 鞋 店 去 看看。

Ā líng nǐ kàn zhè shuāng píxié yàngzi hěn hǎo
阿　梅：阿 玲，你 看 這 雙 皮鞋 樣子 很 好

kàn dàn xiégēn tài gāo le bù hǎo zǒu lù
看，但 鞋跟 太 高 了，不 好 走 路。

Wǒ xiǎng Mǎi shuāng xuēzi zhèlǐ de xuēzi yàngzi
阿　玲：我 想 買 雙 靴子，這裏 的 靴子 樣子

hěn yībān
很 一般。

Zhè zhǒng Táiwān chǎn de píng gēn biànxié chuān
阿　梅：這 種 台灣 產 的 平 跟 便鞋 穿

qilai hěn shūfu de wǒ chuān guò yī shuāng
起來 很 舒服 的，我 穿 過 一 雙。

Ai zhèlǐ yǒu cǎisè yǔxié mài wǒ zǎo jiù xiǎng
阿　玲：哎，這裏 有 彩色 雨鞋 賣，我 早 就 想

mǎi yī shuāng piàoliang xiē de yǔxié
買 一 雙 漂亮 些 的 雨鞋。

Nà nǐ mǎi yī shuāng ba Mǎi dōngxi yǒu shíhòu
阿　梅：那 你 買 一 雙 吧。買 東西 有 時候

yào pèng yùnqì pèngdào hǎo kàn de héshì de jiù
要 碰 運氣，碰到 好 看 的 合適 的 就

mǎshàng mǎi
馬上 買。

2．詞語

鞋店 xié diàn　　鞋舖
皮鞋 píxié　　皮鞋
雨鞋 yǔxié　　水鞋
靴子 xuēzi　　靴
平（高）跟鞋 píng（gāo）gēn xié　　平（高）踭鞋
一雙（鞋）yī shuāng（xié）　　一對（鞋）
（樣子）一般（yàngzi）yībān　　麻麻地
碰運氣 pèng yùnqì　　撞彩

3．知識要點

①普通話的量詞“雙”和粵語的量詞“對”

在服飾或日用品中成雙成對的物品，粵語的量詞用“對”，普通話的量詞用“雙”。如“一對鞋”，“兩對襪”，普通話是“一雙鞋子”，“兩雙襪子”。

②普通話的“很一般”和粵語的“麻麻地”

“麻麻地”是粵方言，不能用在普通話裏，它的詞義比較廣泛，相當於普通話的“中等”、“一般”、“普通”、“不怎麼樣”等。如“啲鞋樣麻麻地。”“佢做嘢麻麻地。”普通話是“鞋的樣子很一般。”“他做事不怎麼樣。”

4．練習

把下面的粵語説成普通話。

①呢對鞋細咗啲，唔該換對大啲嘅。

②呢度啲點心味道麻麻地喇，嗰家啲點心就幾好。

5．參考答案

Zhè shuāng xié zi xiǎo le diǎnr qǐng huàn yī shuāng dà diǎn de
① 這雙鞋子小了點，請換一雙大點的。

Zhè lǐ de diǎnxīn wèidào hěn yībān nà jiā de diǎnxīn jiù bù cuò
② 這裏的點心味道很一般，那家的點心就不錯。

第三十三課　帽子和襪子

1. 情景對話

Ā líng kànkan màozi Wǒ xiǎng mǎi yī dǐng zhē
阿　梅：阿玲，看看帽子。我想買一頂遮

yángmào nǐ kànkan nǎ zhǒng hǎo kàn
陽帽，你看看哪種好看？

Zhè zhǒng kěyǐ zhédié de màozi hěn fāngbiàn nà
阿　玲：這種可以摺疊的帽子很方便，那

dǐng yǒu húdiéjié de cǎomào hǎo kàn xie
頂有蝴蝶結的草帽好看些。

Wǒ mǎi hǎo kàn de Nǐ kànkan wǒ dài qǐlai zěn
阿　梅：我買好看的。你看看我戴起來怎

meyàng
麼樣？

Bù cuò ma jiù mǎi zhè dǐng ba Ā méi dào nà
阿　玲：不錯嘛，就買這頂吧……阿梅，到那

biān qù kànkan wàzi
邊去看看襪子。

Zhè zhǒng sī wàzi hěn hǎo chuān de liángshuǎng
阿　梅：這種絲襪子很好穿的，涼爽

tòuqì wà kǒu yě bù huì wǎng xià huá
透氣，襪口也不會往下滑。

Wǒ zìjǐ mǎi liǎng shuāng cháng de sī wàzi gěi
阿　玲：我自己買兩雙長的絲襪子，給

wǒ dìdi mǎi yī shuāng duǎn de miánxiàn wàzi
我弟弟買一雙短的棉線襪子。

2. 詞語

戴帽子 dài màozi	戴帽
摺疊 zhédié	摺埋
草帽 cǎomào	草帽
往下滑 wǎng xià huá	綫落嚟
穿襪子 chuān wàzi	着襪
絲襪子 sī wàzi	絲襪
棉線襪子 miánxiàn wàzi	棉線襪
涼爽透氣 liángshuǎng tòuqì	涼爽透氣

3. 知識要點

普通話的雙音節詞和粵語的單音節詞

粵語詞彙的特點之一是單音節詞比較多，普通話則相反，雙音節詞比較多。因此，說普通話的時候，許多粵語的單音節詞要變成雙音節詞。①詞根加後綴"子"，"子"讀輕聲。如"裙"、"褲"、"鞋"、"襪"、"帽"、"繩"、"扇"，普通話是"裙子"、"褲子"、"鞋子"、"襪子"、"帽子"、"繩子"、"扇子"。②詞根加詞根。如"橋"、"眼"、"款"、"衫"、"翼"，普通話是"橋樑"、"眼睛"、"款式"、"衣服"、"翅膀"。

4. 練習

讀下面的詞，掌握粵語單音節詞在普通話裏的說法。

枱——桌子 zhuōzi	櫃——櫃子 guìzi
被——被子 bèizi	鏡——鏡子 jìngzi
梨——梨子 lízi	桃——桃子 táozi
轆——輪子 lúnzi	頸——脖子 bózi
樽——瓶子 píngzi	嘴——嘴巴 zuǐba
蔗——甘蔗 gānzhè	尾——尾巴 wěiba
靚——漂亮 piàoliang	房——房間 fángjiān
釘——釘子 dīngzi	憂——擔心 dānxīn
袖——袖子 xiùzi	掣——開關 kāiguān
兔——兔子 tùzi	咳——咳嗽 késou
屋——房子 fángzi	

第三十四課　看頭花

1. 情景對話

Ā méi zhè jiā jīngpǐndiàn yǒu hěn duō tóuhuār mài jìnqu kànkan ba
阿　玲：阿梅，這家精品店有很多頭花兒賣，進去看看吧。

Ā líng nǐ liú cháng tóufa yòu xǐhuan shū mǎwěi zhuāng dài tóuhuār hěn hǎo kàn de
阿　梅：阿玲，你留長頭髮，又喜歡梳馬尾裝，戴頭花很好看的。

Zhè lǐ tóuhuār zhǒnglèi zhème duō yǎnhuāliáoluàn dōu bù zhīdao mǎi nǎ zhǒng hǎo
阿　玲：這裏頭花種類這麼多，眼花繚亂，都不知道買哪種好。

Xiànzài hěn duō rén yòng zhè zhǒng dà de tóufa jiāzi
阿　梅：現在很多人用這種大的頭髮夾子。

Wǒ bù xǐhuan yòng tóufa jiāzi gāncuì mǎi ge tóugū ba
阿　玲：我不喜歡用頭髮夾子，乾脆買個頭箍吧。

Wǒ mǎi zhè yī duì xiǎo tù tóuzhū sònggei wǒ de wài shēngnǚ
阿　梅：我買這一對小兔頭珠，送給我的外甥女。

2．詞語

頭花 tóuhuār	頭花
頭箍 tóugū	頭箍
頭珠 tóuzhūr	頭珠
精品店 jīngpǐndiàn	精品屋
眼花繚亂 yǎnhuāliáoluàn	花多眼亂
頭髮夾子 tóufa jiāzi	頭髮夾

3．知識要點

①h 聲母和 f 聲母不要混用

粵語中沒有 h 聲母跟以 u 起頭的韻母相拼的音，說粵語的人講普通話碰到這一類音的時候很容易把聲母 h 變成 f，並且丟失韻頭 u。如把“花（huā）”讀成 fā，“歡（huān）”讀成 fān。說普通話的時候需注意分辨清楚。

②普通話的“眼花繚亂”和粵語的“花多眼亂”

眼睛看見複雜紛繁的東西而感到迷亂，或指物品豐富，選擇餘地太大而拿不定主意，粵語經常用“花多眼亂”，普通話用“眼花繚亂”。如“市場啲水果蔬菜品種好多，花多眼亂，唔知買乜嘢好。”普通話是“市場的水果蔬菜品種很多，眼花繚亂的不知道買什麼好。”

4．練習

讀下面的詞，注意 h 聲母和 f 聲母的讀音。

開花 kāi huā ——開發 kāifā
虎頭 hǔtóu ——斧頭 fǔtóu
婚配 hūnpèi ——分配 fēnpèi
開荒 kāihuāng ——開方 kāifāng
理化 lǐ huà ——理髮 lǐ fà
歡心 huān xīn ——翻新 fān xīn
氣昏 qì hūn ——氣氛 qìfēn
恍惚 huǎnghu ——彷彿 fǎngfú

第三十五課　圍巾和手套

1. 情景對話

Jīntiān hěn lěng chū mén yào dài wéijín cái xíng
妻　子：今天 很 冷，出 門 要 戴 圍巾 才 行。

Wǒ nà tiáo yángmáo wéijīn fàngzài nǎr ne
丈　夫：我 那 條 羊毛 圍巾 放在 哪兒 呢？

Zài guà píyī de guìzi lǐ yòng yí ge hóngsè sù
妻　子：在 掛 皮衣 的 櫃子 裏，用 一 個 紅色 塑
liàodài zhuāngzhe zhǎodào méi yǒu
料袋 裝着，找到 沒 有？

Zhǎodào le Yí zhè shuāng pí shǒutào shì shuí de
丈　夫：找到 了。咦，這 雙 皮 手套 是 誰 的？

Shì wǒ zuótiān gěi nǐ mǎi de xīn shǒutào dài
妻　子：是 我 昨天 給 你 買 的 新 手套，戴
shang kàn hé bu héshì
上 看 合 不 合適？

Tǐng héshì nà wǒ jīntiān jiù dài zhè shuāng shǒutào
丈　夫：挺 合適，那 我 今天 就 戴 這 雙 手套
le
了。

2. 詞語

圍巾 wéijīn	頸巾
皮衣 píyī	皮褸
手套 shǒutào	手襪
裝着 zhuāngzhe	入住

3. 知識要點

普通話的"圍巾"、"手套"和粵語的"頸巾"、"手襪"

"頸巾"、"手襪"都是方言詞，不能用在普通話裏，普通話說"圍巾"、"手套"。粵語中關於衣着的方言詞，說普通話時都要轉換成規範的普通話詞。如前幾課中出現的"褸——大衣"，"恤衫——襯衣"，"底衫——內衣"，"冷——毛線"等等。

4. 練習

下面是一些服飾和床上用品的粵語和普通話名稱對照，（有拼音的是普通話），請注意區別它們的不同說法。

衫——衣服 yīfu
面衫——外衣 wàiyī
冷衫——毛衣 máoyī
棉衲——棉衣 miányī
底褲——內褲 nèikù
褲浪——褲襠 kùdāng
鞋踭——鞋跟 xiégēn
鴨帽——鴨舌帽 yāshémào
被袋——被套 bèitào
枕頭袋——枕頭套 zhěntoutào
波恤 厚笠——棉毛衣 miánmáoyī
笠衫——線衣 xiànyī，汗衫 hànshān
衫袋——衣兜 yī dōur，衣服口袋 yīfu kǒudài
衫尾——（衣服）（yīfu）下擺 xià bǎi
手巾仔——手帕 shǒupà，手絹兒 shǒujuànr
口水肩——圍嘴兒 wéizuǐr
屐——踏拉板兒 tālabǎnr
氈——毯子 tǎnzi
被褥——褥子 rùzi
領呔——領帶 lǐngdài

第三十六課　買圍巾扣

1. 情景對話

Xiǎojiě shì bu shì xiǎng mǎi wéijīnkòu Zhè jǐ zhǒng shì gāng jìn de huò kuǎnshì dōu hěn xīnyǐng
售貨員：小姐，是不是想買圍巾扣？這幾種是剛進的貨，款式都很新穎。

Zhè ge wéijīnkòu shìyàng dào tǐng biézhì jiù shì yán sè qiǎn le diǎn
阿　玲：這個圍巾扣式樣倒挺別緻，就是顏色淺了點。

Yánsè qiǎn kěyǐ pèi shēn yánsè de wéijīn nǐ kàn kan wǒ dài de xiàoguǒ zěnmeyàng
售貨員：顏色淺可以配深顏色的圍巾，你看看我戴的效果怎麼樣？

Bù cuò pèi zhè tiáo hóng huā wěijīn xiǎn de hěn gāoyǎ
阿　玲：不錯，配這條紅花圍巾顯得很高雅。

Zhè jǐ zhǒng wéijīnkòu shì liǎng yòng de hòumian yǒu ge biézhēn kěyǐ bié zai yī fu shang
售貨員：這幾種圍巾扣是兩用的，後面有個別針，可以別在衣服上。

Liǎng yòng de hǎo jì kěyǐ bié wéijīn yòu kěyǐ bié zai yī fu shang zuò xiōnghuā
阿　玲：兩用的好，既可以別圍巾，又可以別在衣服上做胸花。

2. 詞語

圍巾扣 wéijīnkòu	絲巾扣，頸巾扣
（顏色）（yánsè）深淺 shēnqiǎn	深淺
高雅 gāoyǎ	高雅
胸花 xiōnghuā	胸花
別緻 biézhì	別緻
別針 biézhēn	扣針

3. 知識要點

①普通話的“圍巾扣”和粵語的“絲巾扣”

用絲綢材料做的圍巾，粵語説“絲巾”，普通話説“絲圍巾”。別在絲綢圍巾上的裝飾物，粵語説“絲巾扣”、“頸巾扣”，普通話説“圍巾扣”。

②普通話的“別”和粵語的“扣”

粵語“扣絲巾扣”、“扣胸花”、“扣扣針”的“扣”，在普通話裏説“別”。如“將個胸花扣好。”“跌咗粒鈕，用個扣針扣住先。”普通話是“把胸花別好。”“掉了一顆鈕釦，先用別針別着。”

4. 練習

把下面的粵語説成普通話。

①呢條絲巾顏色深咗啲，配個淺色嘅絲巾扣會好睇啲。

②你呢套黑西裝扣一個金色嘅胸花重好睇呀。

5. 參考答案

Zhè tiáo sī wéijīn yán sè shēn le diǎnr pèi yī ge qiǎn yán sè de wěijīnkòu huì hǎo kàn xie

①這條絲圍巾顏色深了點，配一個淺顏色的圍巾扣會好看些。

Nǐ zhè tào hēi xī fú bié yī ge jīn sè de xiōnghuā gèng hǎo kàn

②你這套黑西服別一個金色的胸花更好看。

第三十七課　打領帶

1. 情景對話

Ā wén wǒ bù dà huì dǎ lǐngdài nǐ jiāojiao wǒ ba
阿强：阿文，我不大會打領帶，你教教我吧。

Nǐ gēnzhe wǒ xué ba
阿文：你跟着我學吧。

Kàn nǐ dǎ lǐngdài hěn róngyì wǒ dǎ qǐlai jiù bèn shǒu bèn jiǎo de
阿强：看你打領帶很容易，我打起來就笨手笨脚的。

Nǐ duō liàn jǐ cì jiù shúliàn le Shāngdiàn yǒu bù yòng dǎ de lǐngdài mài dài qǐlai hěn fāngbiàn
阿文：你多練幾次就熟練了。商店有不用打的領帶賣，戴起來很方便。

Wǒ zěnmeyàng yě děi xué huì dǎ lǐngdài cái xíng a
阿强：我怎麼樣也得學會打領帶才行啊。

Nǐ zhè cì dǎ de jiù bù cuò le ma zài jiā yí ge lǐngdài jiāzi jiù xíng le
阿文：你這次打得就不錯了嘛，再夾一個領帶夾子就行了。

2. 詞語

打領帶 dǎ lǐngdài　　打領呔

容易 róngyì　　易

熟練 shúliàn	熟手
領帶夾子 lǐngdài jiāzi	領呔夾
笨手笨脚 bèn shǒu bèn jiǎo	論論盡盡
學會 xué huì	學識

3．知識要點

①普通話的“會”和粵語的“識”

表示懂得的意思，粵語常說“識”，普通話不說“識”而說“會”。如“我唔識打領呔”，“學識喇”，普通話是“我不會打領帶”，“學會了”。粵語的“識”還有“認識”的意思，如“我識得佢”，普通話說“認識”，如“我認識他”。

②多音字，“得”的讀音

①“得”獨立作動詞或作實語素用時，讀 dé，如“得益”、“多勞多得”、“得當”。②“得”用在動詞後面表示可能，或在動詞、形容詞與補語中間作結構助詞用時讀輕聲 de，如“他去得，我也去得”，“好得很”。③在口語中表示需要、必要等意思，“得”讀 děi，如“怎麼樣也得學會打領帶”。

4．練習

把下面的粵語説成普通話。

①佢好識打扮㗎，啲衫着得好得體。

②要攞到好成績就要努力學習。

5．參考答案

Tā hěn huì dǎbàn yī fu chuān de hěn dé tǐ
① 她 很 會 打扮，衣服 穿 得 很 得體。

Yào qǔ de hǎo chéng jì jiù děi yào nǔ lì xué xí
② 要 取 得 好 成績 就 得（要）努力 學習。

第三十八課　選購首飾

1. 情景對話

Ā zhēn nǐ kànkan zhè lǐ de shǒushì yǒu méiyǒu hé
母　親：阿　珍，你　看看　這裏　的　首飾　有　没有　合

nǐ xīn yì de
你　心意　的。

Wǒ kànshàng le zhè tiáo bōwén jīn xiàngliàn
女　兒：我　看上　了　這　條　波紋　金　項鏈。

Zhè tiáo xiàngliàn māma sònggěi nǐ zuò jiéhūn lǐ wù
母　親：這　條　項鏈　媽媽　送給　你　作　結婚　禮物，

lìngwài zài sòng yī fù yù shǒuzhuó gěi nǐ
另外　再　送　一　副　玉　手鐲　給　你。

Xiàngliàn zài pèi yī ge zhuì zi hǎo ma
女　兒：項鏈　再　配　一　個　墜子　好　嗎？

Hǎo nǐ tiāo yī ge ba Hūn lǐ yào hù huàn jiè
母　親：好，你　挑　一　個　吧。婚禮　要　互　換　戒

zhǐ wǒ zhè ge zuànshí jièzhǐ jiùshì jiéhūn shí nǐ
指，我　這　個　鑽石　戒指　就是　結婚　時　你

bàba sònggěi wǒ de
爸爸　送給　我　的。

Nà wǒ mǎi yī ge jīn jièzhǐ sònggěi tā ba
女　兒：那　我　買　一　個　金　戒指　送給　他　吧。

2. 詞語

首飾 shǒushì	首飾
波紋 bōwén	波紋
墜子 zhuìzi	墜
金項鏈 jīn xiàngliàn	金頸鏈

玉手鐲 yù shǒuzhuó　　玉手鈪

鑽石戒指 zuànshí jièzhǐ　　鑽石戒指

3．知識要點

①普通話和粵語對首飾名稱的不同説法

粵語的“頸鏈”普通話説“項鏈”，粵語的“手鈪”普通話説“手鐲”，粵語的“墜”普通話説“墜子”。

②普通話的“合心意”和粵語的“啱心水”

“啱心水”是“符合某人意思”的粵方言説法，普通話要説“合心意”。如“呢條頸鏈啱晒我心水。”普通話是“這條項鏈正合我心意。”普通話的“心意”還有“對人的情意”的意思，這個意思粵語也説“心意”。如“你嘅心意我明白。”普通話是“你的心意我明白。”

4．練習

把下面的粵語説成普通話。

①呢條頸鏈係先生送畀我嘅結婚禮物，重有個心型嘅玉墜添。

②呢對手鈪唔係幾啱我心水，唔知有冇得換呢？

5．參考答案

Zhè tiáo xiàngliàn shì xiānsheng sònggěi wǒ de jiéhūn lǐwù
①這條項鏈是先生送給我的結婚禮物，

háiyǒu yī ge xīn xíng de yù zhuìzi
還有一個心型的玉墜子。

Zhè fù shǒuzhuó bù shì hěn hé wǒ xīnyì bù zhīdao yǒu
②這副手鐲不是很合我心意，不知道有

méiyǒu huàn de
没有換的？

第三十九課　穿旗袍

1. 情景對話

Māma nǐ niánqīng de shíhòu shì bu shì jīngcháng
女　兒：媽媽，你 年 青 的 時候 是 不 是 經 常

chuān qí páo
穿 旗袍？

Jīngcháng chuān qí páo shì wǒmen de chuántǒng mínzú
母　親：經 常 穿，旗袍 是 我們 的 傳 統 民族

fú shì chuān qǐ lai hěn yǒu dōngfāng yùnwèi
服飾，穿 起來 很 有 東 方 韻味。

Wǒ jiéhūn nà tiān chuān qí páo hǎo bu hǎo
女　兒：我 結婚 那 天 穿 旗袍 好 不 好？

Hǎo jiéhūn chuān de qí páo yào xiānyàn huá lì de
母　親：好，結婚 穿 的 旗袍 要 鮮艷 華麗 的，

shìyàng yào hěn jiǎngjiu
式樣 要 很 講究。

Qípáo yǒu shénme jiǎngjiu ne
女　兒：旗袍 有 什麼 講究 呢？

Qípáo yào tiē tǐ jǐn shēn yào gǔn biān niǔkòu yào
母　親：旗袍 要 貼 體 緊 身，要 滾 邊，鈕扣 要

pán huā liào zi yào gāodàng de chuān qǐ lai cái gāo
盤 花，料子 要 高檔 的，穿 起來 才 高

guì diǎnyǎ
貴 典雅。

2. 詞語

旗袍 qípáo　　旗袍

華麗 huálì　　華麗

講究 jiǎngjiu	講究
滾邊 gǔn biān	裙邊
傳統服飾 chuántǒng fúshì	傳統服飾
東方韻味 dōngfāng yùnwèi	東方韻味
貼體緊身 tiē tǐ jǐn shēn	貼體緊身
盤花鈕扣 pán huā niǔkòu	盤花鈕

3. 知識要點

注意區分聲母 ch，c 和聲母 q 的聲韻拼合規律

粵方言區的人說普通話常把聲母 ch、c 的字和聲母 q 的字混淆，如把“穿（chuān）”讀成 quān，“强（qiáng）”讀成 cháng，“泉（quán）”讀成 cuán。這些都要十分注意才行。

4. 練習

讀下面的詞，注意聲母的區別。

長臂 cháng bì——墻壁 qiángbì
勾除 gōuchú——溝渠 gōuqú
窗口 chuāngkǒu——槍口 qiāngkǒu
伸出 shēnchū——身軀 shēnqū
發愁 fāchóu——發球 fāqiú
朝向 cháo xiàng——橋上 qiáo shang
綢衣 chóu yī——囚衣 qiú yī
船身 chuánshēn——全身 quán shēn
唱 chàng——嗆 qiàng
初 chū——粗 cū——區 qū
昌 chāng——倉 cāng——腔 qiāng
抽 chōu——秋 qiū
炒 chǎo——草 cǎo——巧 qiǎo
川 chuān——圈 quān
重 chóng——從 cóng——窮 qióng
串 chuàn——竄 cuàn——勸 quàn

第四十課　試婚紗

1. 情景對話

Māma péi wǒ dào hūnshādiàn qù shì hūnshā ba
女　兒：媽媽，陪我到婚紗店去試婚紗吧。

Nǐ xiān shìshi zhè jiàn bái hūnshā ránhòu zài shì nà jiàn fěnhóngsè de
母　親：你先試試這件白婚紗，然後再試那件粉紅色的。

Hūnshā chuān báisè de hǎo báisè biǎoshì chúnjié
女　兒：婚紗穿白色的好，白色表示純潔。

Bāisè biǎoshì chúnjié hóngsè biǎoshì làngmàn hūnlǐ yào huàn jǐ cì fúzhuāng zhōngshì xīshì de dōu yào yǒu cái xíng
母　親：白色表示純潔，紅色表示浪漫，婚禮要換幾次服裝，中式西式的都要有才行。

Lǎoshì huàn yīfu bù shì hěn máfan ma
女　兒：老是換衣服不是很麻煩嗎？

Jiéhūn shì rénshēng dà shì fúzhuāng yào guāngcǎi yànlì háiyào duō yàng Lái ba duō shì jǐ jiàn hūnshā
母　親：結婚是人生大事，服裝要光彩艷麗，還要多樣。來吧，多試幾件婚紗。

2. 詞語

婚紗 hūnshā　　婚紗

粉紅色 fěnhóngsè　　粉紅色

光彩艷麗 guāngcǎi yànlì	光鮮
白色 báisè	白色
純潔 chúnjié	純潔
浪漫 làngmàn	浪漫

3. 知識要點

普通話的輕聲

"輕聲"又叫作"輕音"，是四聲的一種特殊音變，即在一定的條件下讀得又短又輕的調子。在漢語拼音拼寫中碰到讀輕音的字，不標聲調符號。普通話讀輕聲的有以下幾類：①助詞"的、地、得、着、了、過"，如：白色的，笑着，好得很，去過一次。②語氣詞"吧、嗎、嘛、啊、呀、哇、呢"等，如：好哇，去吧，誰呀。③名詞後綴"頭"、"子"、"兒"和表示多數的"們"等，如：我們，桌子，石頭，泥巴。④用在名詞、代詞後面表示方位的語素或詞，如：路上，山頂上，這邊，屋裏面。⑤動詞後面表示趨向的詞"來、去、起來、下去"等，如：進來，出去，看起來，走下去，跑過去。⑥疊音詞和動詞、形容詞重疊形式後頭的字，如：媽媽，猩猩，試試，看看，綠油油，打聽打聽。⑦有一些常用的雙音節詞的第二個音節習慣上要讀輕音，如：先生，丈夫，漂亮，麻煩，窗户等。

4. 練習

下面是一些第二個音節讀輕聲的常用詞，注意輕聲的發音。

雲彩 yúncai	清楚 qīngchu
西瓜 xīgua	精神 jīngshen
護士 hùshi	幹部 gànbu
腦袋 nǎodai	胳膊 gēbo
客氣 kèqi	便宜 piányi
事情 shìqing	消息 xiāoxi
風箏 fēngzheng	稀罕 xīhan
棉花 miánhua	行李 xíngli
應付 yìngfu	招呼 zhāohu
東西 dōngxi	鑰匙 yàoshi

第四十一課　買布料

1. 情景對話

Lǎobǎn zhè zhǒng bù shì shénme zhìliào de
顧　客：老闆，這 種 布 是 什麼 質料 的？

Zhè shì jīngfǎng máshā yòu xì yòu guānghuá bù huì zhòu de
售貨員：這 是 精紡 蔴紗，又 細 又 光滑，不 會 皺 的。

Zhè zhǒng máshā liào zi chuān qǐ lai tòu bu tòu qì ya
顧　客：這 種 蔴紗 料子 穿 起來 透 不 透氣 呀？

Chuān qǐ lai xiàng sī chóu nàme liángkuai de tiān qì rè de shíhòu chuān zuì hǎo le
售貨員：穿 起來 像 絲綢 那麼 涼快 的，天氣 熱 的 時候 穿 最 好 了。

Wǒ hái xiǎng mǎi yī tiáo dōngtiān de kù liào nǐ jièshào yi xia nǎ zhǒng liào zi hǎo
顧　客：我 還 想 買 一 條 冬天 的 褲 料，你 介紹 一下 哪 種 料子 好。

Zhè zhǒng gāo jí máo dí ba zuò kù zi hěn tǐng de xǐ le yǐ hòu yòu bù yòng yùn hěn fāngbiàn
售貨員：這 種 高級 毛滌 吧，做 褲子 很 挺 的，洗 了 以後 又 不 用 熨，很 方便。

2. 詞語

布料 bùliào	布料
精紡 jīngfǎng	精紡

絲綢 sīchóu	絲綢
細 xì	幼細，幼
熨 yùn	燙
皺 zhòu	巢
質料 zhìliào	質地
麻紗 máshā	麻紗
毛滌 máodí	毛滌
光滑 guānghuá	光滑
不透氣 bù tòu qì	唔透氣，焗氣
涼快 liángkuai	涼爽

3. 知識要點

①普通話的“質料”和粵語的“質地”

“質地”是粵語表示產品所用的材料的方言詞，不能用在普通話裏，普通話説“質料”。如“呢件衫嘅質地唔錯”，普通話是“這件衣服的質料不錯”。

②普通話的“熨”和粵語的“燙”

粵語的“燙衫”，普通話可以説“熨衣服”。粵語的“燙斗”，普通話説“熨斗”不能説“燙斗”。

4. 練習

把下面的粵語説成普通話。

①質地好嘅衫着起身好睇好多嘅。

②呢件衫啲質地唔好，每次洗完都要燙，好麻煩。

5. 參考答案

Zhìliào hǎo de yī fu chuān qǐ lai hǎo kàn hěn duō
① 質料 好 的 衣服 穿 起來 好 看 很 多。

Zhè jiàn yī fu de zhìliào bù hǎo měi cì xǐ wán dōu yào yùn hěn máfan
② 這 件 衣服 的 質料 不 好，每 次 洗完 都 要 熨，很 麻煩。

第四十二課　定做衣服

1. 情景對話

Shīfu zuò yīfu duō cháng shíjiān kěyǐ qǔ
顧　客：師傅，做衣服多長時間可以取？

Liǎng ge xīngqī Nǐ zuò shénme yīfu
師　傅：兩個星期。你做什麼衣服？

Zhè kuài huā bù zuò tàoqún zuò mótèr shēnshàng chuān de zhè zhǒng kuǎnshì Zhè kuài gézi bù zuò yī jiàn mǎjiǎ
顧　客：這塊花布做套裙，做模特身上穿的這種款式。這塊格子布做一件馬甲。

Zhè kuài bù zuò mǎjiǎ zhǐnéng zuò duǎn de zuò cháng de bù bù gòu
師　傅：這塊布做馬甲只能做短的，做長的布不够。

Nǐ jìnzhe bùliào zuò ba néng zuò duō cháng jiù duō cháng
顧　客：你儘着布料做吧，能做多長就多長。

Qǐng nǐ zhàn hǎo wǒ gěi nǐ liáng chǐcùn Hǎo kěyǐ le
師　傅：請你站好，我給你量尺寸。……好，可以了。

2. 詞語

定做 dìng zuò　　定做

馬甲 mǎjiǎ　　背心

款式 kuǎnshì	款
式樣 shìyàng	樣
量尺寸 liáng chǐcùn	度身
布不够 bù bù gòu	唔够布

3. 知識要點

①普通話的“量”和粵語的“度”［tɔk^{2}］

用尺來確定長短、大小，粵語説“度［tɔk^{2}］，如“度尺寸”，“度身高”，普通話説“量”，如“量尺寸”，“量身高”。普通話的“度（duó）”是推測、估計的意思，如“揣度”，“以己度人”，這個意思粵語也説“度（dog ‘）”。

②普通話的“馬甲”和粵語的“背心”

不帶袖子的上衣，粵語説“背心”，普通話可以説“背心”，也可以説“馬甲”。

4. 練習

把下面的粵語説成普通話。

①身材唔標準着衫最好係度身定做。

②唔該你畀把尺我度度呢件背心仔有幾長。

5. 參考答案

Shēncái bù biāozhǔn chuān yī fu zuì hǎo shì liàng tǐ dìng zuò
① 身材 不 標準 穿 衣服 最 好 是 量 體 定 做。

Láojià nǐ gěi bǎ chǐ zi wǒ, liángliang zhè jiàn xiǎo mǎjiǎ (bèixīn) yǒu duō cháng
② 勞駕 你 給 把 尺子 我，量量 這 件 小 馬甲（背心）有 多 長。

第四十三課　修改衣服

1. 情景對話

Shīfu wǒ zhè jǐ jiàn yīfu bù dà héshì máfan
顧　客：師傅，我這幾件衣服不大合適，麻煩

nín tì wǒ xiūgǎi yixià
您替我修改一下。

Shénme dìfāng yào gǎi de
師　傅：什麽地方要改的？

Zhè tiáo kùzi tài cháng gǎi duǎn yīdiǎnr kùyāo
顧　客：這條褲子太長，改短一點，褲腰

xiǎo le kàn néng bu néng fàng kuān xiē
小了，看能不能放寬些。

Wǒ gěi nǐ liáng yi liáng kàn yào gǎi duō shǎo
師　傅：我給你量一量看要改多少。

Kùyāo yào fàng kuān liǎng gōngfēn chángdù yǎo gǎi
褲腰要放寬兩公分，長度要改

duǎn sān gōngfēn
短三公分。

Zhè jiàn shàngyī dà le diǎn yào gǎi xiǎo yīxiē
顧　客：這件上衣大了點，要改小一些。

Yīfu de jiānbǎng yào gǎi zhǎi yīdiǎnr qián hòu zài
師　傅：衣服的肩膀要改窄一點，前後再

shōu yāo zhèyàng chuān qǐlai jiù hǎo kàn le
收腰，這樣穿起來就好看了。

2. 詞語

修改 xiūgǎi　　修改

肩膀 jiānbǎng　　膊頭

寬　kuān	闊
褲腰 kù yāo	褲頭
收腰 shōu yāo	收腰
窄　zhǎi	窄

3. 知識要點

普通話和粵語一些形容詞的不同說法

粵語和普通話之間有許多形容詞的說法是不同的，說普通話的時候不能把它們照搬進去。如“細”、“闊”，普通話要說“小”、“寬”。粵語的“細”是“小”的意思，普通話的“細”則是與“粗”相對顯得細小的條狀物，這個意思粵語說“幼”。粵語的“闊”是指和“窄”相對的橫的距離，而普通話的“闊”一是指面積的寬廣，二是指闊綽。又如“肥”，粵語既可以指人又可以指動物，還可以表示油膩的東西，普通話則只能指動物，指人要說“胖”，油膩的東西說“膩”。要注意區別。

4. 練習

下面是一些與服裝及穿着打扮有關的形容詞在粵語和普通話中的不同說法。(有拼音的是普通話，前面課文中“詞語”和“知識要點”已出現過的不再重複)

肉酸——難看 nán kàn
襟着——耐穿 nài chuān
實淨——結實 jiēshi
企理——整潔 zhěngjié
威　——帥 shuài
咽咽斜斜——歪歪斜斜 wāiwai-xiéxie
化學——不耐用 bù nài yòng
污糟——骯髒 āngzang，齷齪 wòchuò
威水——好看 hǎo kàn，派頭 pàitou
花碌碌——花花綠綠 huāhua-lùlü

第四十四課　服裝設計

1. 情景對話

Yīng jiě wǒ hěn xǐhuān nǐ shèjì de fúzhuāng nǐ
阿　玲：英姐，我很喜歡你設計的服裝，你

kàn wǒ chuān shénmeyàng de yīfu bǐjiǎo héshì
看我穿什麼樣的衣服比較合適？

Nǐ rén shāowēi pàng xie bù yí chuān dà huā
英　姐：你人稍微胖些，不宜穿大花

de hé héng tiáowén de yīfu zhè zhǒng yīfu yǒu
的和橫條紋的衣服，這種衣服有

kuòzhāng gǎn
擴張感。

Pàng rén shì bu shì chuān kuānsōng yīdiǎn de yī
阿　玲：胖人是不是穿寬鬆一點的衣

fu hǎo kàn xie
服好看些？

Zuì hǎo shì chuān yánsè shēn yīdiǎn de tàofú huò
英　姐：最好是穿顏色深一點的套服，或

zhě shì shù tiáowén de yīfu shìjué shang yǒu yī
者是豎條紋的衣服，視覺上有一

zhǒng shōusuō gǎn
種收縮感。

Wǒ xiǎng qǐng nǐ tì wǒ shèjì yī tào chūxí péng
阿　玲：我想請你替我設計一套出席朋

yǒu hūnlǐ de fúzhuāng
友婚禮的服裝。

Zuò zǐhóngsè de wú lǐng tàoqún ba pèi yī ge bái
英　姐：做紫紅色的無領套裙吧，配一個白

sè huò jīn sè de xiōnghuā jiǎnjié jiùshì yī zhǒng měi
色 或 金色 的 胸花，簡潔 就是 一 種 美。

2．詞語

服裝設計 fúzhuāng shèjì	服裝設計
收縮感 shōusuō gǎn	收縮感
橫（豎）條紋 héng（shù）tiáowén	橫（直）條紋
顏色深（淺）yánsè shēn（qiǎn）	顏色深（淺）
擴張感 kuòzhāng gǎn	擴張感
簡潔 jiǎnjié	簡潔

3．知識要點

普通話合口呼韻母（u 或以 u 起頭的韻母）的發音

粵方言區的人說普通話碰到合口呼韻母時容易丟失韻頭 u，如把“裝（zhuāng）”讀成 zhāng，“縮（suō）讀成 sō，“花（huā）”讀成 fā。u 作韻頭時發音輕而短，一發就滑向主要元音（即韻腹），但一定要發出來。

4．練習

讀下面的詞，注意合口呼韻母的發音。

菠蘿 bōluó	火鍋 huǒguō
花朵 huāduǒ	瓜果 guāguǒ
怪罪 guàizuì	快活 kuàihuo
關懷 guānhuái	歡呼 huānhū
廣闊 guǎngkuò	光輝 guānghuī
過錯 guòcuò	墮落 duòluò
划船 huá chuán	跨國 kuà guó
回歸 huíguī	穿梭 chuānsuō
梳妝 shūzhuāng	黃昏 huánghūn
籮筐 luókuāng	謊話 huǎnghuà

第四十五課　侃　價

1. 情景對話

　　　　Lǎobǎn zhè jiàn wàitào liùbǎi bāshí yuān tài guì
顧　客：老闆，這 件 外套 六百 八十 元，太 貴
　　　　le piányí xie ba sānbǎi wǔshí yuán mài bu mài
　　　　了，便宜 些 吧，三百 五十 元 賣 不 賣？

　　　　Sānbǎi wǔ dāngrán bù xíng le wǒ jìn huò dōu bù
老　闆：三百 五 當然 不 行 了，我 進 貨 都 不
　　　　zhǐ zhè ge jiàqián wǔbǎi wǔshí yuán ba
　　　　止 這 個 價錢，五百 五十 元 吧。

　　　　Sìbǎi ba bù mài jiù lādǎo
顧　客：四百 吧，不 賣 就 拉倒。

　　　　Nǐ shì zhēn xīn mǎi jiù duō gěi wǔshí yuán sìbǎi
老　闆：你 是 真 心 買 就 多 給 五十 元，四百
　　　　wǔ wǒ yǐjīng zhuànbudào shénme qián le
　　　　五 我 已經 賺不到 什麼 錢 了。

　　　　Dàjiā zài hùxiāng ràng yī bù ba sìbǎi èr mài
顧　客：大家 再 互相 讓 一 步 吧，四百 二，買
　　　　bu mài
　　　　不 賣？

　　　　Hǎo ba nà jiù duì nǐ yōuhuì diǎn ba xīwàng nǐ
老　闆：好 吧，那 就 對 你 優惠 點 吧，希望 你
　　　　yǐhòu hái lái huìgù
　　　　以後 還 來 惠顧。

2. 詞語

侃價 kǎn jià	講價
價錢 jiàqián	價錢，價

拉倒 lādǎo	算數，算嘞
便宜 piányí	平
賺錢 zhuàn qián	賺錢
惠顧 huìgù	幫襯

3．知識要點

①粵語的動詞“益”在普通話裏的用法

粵語的“益”做動詞用有“對……有利”，“對……有好處”，“讓……佔便宜”等意思，説普通話的時候可以根據具體語境用不同的説法。如：“賣平啲益街坊。”“你係熟客仔，哽要益吓你嘅。”“你唔使佢賠償唔係益咗佢?”普通話是“賣便宜點讓利街坊”。“你是老客户，當然要對你優惠些。”“你不要他賠償不是便宜了他?”普通話的“益”一般不單獨作動詞用。

②普通話的“惠顧”、“光顧”和粵語的“幫襯”

“幫襯”是方言詞，不能用在普通話裏，普通話説“惠顧”、“光顧”。如“下次又嚟幫襯過”，普通話是“下次再來惠顧”。

4．練習

把下面的粵語説成普通話。

①呢單生意益咗你，價錢方面你好着數㗎。

②你將啲價壓到咁低，淨係益你唔益我點得㗎。

5．參考答案

Zhè zōng shēngyì duì nǐ yǒu lì, jiàqián fāngmiàn nǐ hěn huásuàn

①這宗生意對你有利，價錢方面你很划算。

Nǐ bǎ jiàqián yā de zhème dī guāngshì ràng nǐ dé piányí wǒ méiyǒu hǎochù zěnme xíng ne

②你把價錢壓得這麼低，光是讓你得便宜我没有好處怎麼行呢?

第四十六課　索　賠

1. 情景對話

Xiǎojiě wǒ zài nǐmen shāngchǎng mǎi de zhè shuāng
小　李：小姐，我在你們商場買的這雙

píxié shì wěiliè chǎnpǐn cái chuān yī ge xīngqī jiù
皮鞋是僞劣產品，才穿一個星期就

huài le
壞了。

Nǐ shì bu shì zài wǒmen zhèlǐ mǎi de Yǒu fā
售貨員：你是不是在我們這裏買的？有發

piào méiyǒu
票没有？

Zhè shì fāpiào Zhè shuāng xié shì jiǎmào míngpái
小　李：這是發票。這雙鞋是假冒名牌

chǎnpǐn zhè shì chǎnpǐn zhìliàng jiàndìngshū
產品，這是產品質量鑒定書。

Nà gěi nǐ huàn yī shuāng ba
售貨員：那給你換一雙吧。

Bù xíng ànzhào Xiāofèizhě Quányì Bǎohùfǎ de yǒu
小　李：不行，按照《消費者權益保護法》的有

guān tiáolì chú le tuì huò zhīwài háiyào jiā bèi
關條例，除了退貨之外還要加倍

péicháng
賠償。

Wǒ wènwen jīnglǐ kàn zěnme chǔlǐ Jīnglǐ tóng
售貨員：我問問經理看怎麽處理。……經理同

yì nǐ de yāoqiú tuì huò hé péicháng sǔnshī
意你的要求，退貨和賠償損失。

2. 詞語

索賠 suǒpéi	索賠
壞了 huài le	爛咗，壞咗
退貨 tuì huò	退貨
加倍 jiā bèi	加倍
僞劣產品 wěiliè chǎnpǐn	流嘢
假冒名牌 jiǎmào míngpái	假冒名牌
賠償損失 péicháng sǔnshī	賠償損失
質量鑒定書 zhìliàng jiàndìngshū	質量鑒定書
《消費者權益保護法》 Xiāofèizhě Quányì Bǎohùfǎ	《消費者權益保護法》

3. 知識要點

普通話的"僞劣產品"和粵語的"流嘢"

"流嘢"是粵方言對假冒僞劣產品的說法，不能用在普通話裏，普通話說"假冒僞劣產品"，或分別說"假冒的"，"劣質品"，"質量差"等。如："呢對鞋係流嘢。""呢件衫嘅商標係流嘢㗎。"普通話是"這雙鞋是劣質品。""這件衣服的商標是假冒的。"在粵語中與"流嘢"相反的詞"堅嘢"是指正品、正牌貨和質量好的商品，普通話說"正品"，"正牌貨"。如："呢台新力電視機係堅嘢。"普通話是"這台新力電視機是正牌貨。"

4. 練習

按照粵語句子的意思給譯成普通話的句子填上適當的詞語。

①我地商場賣嘅都係堅嘢，唔賣流嘢㗎，你放心買啦。

我們商場賣的都是（　　），不賣（　　　　　），你放心買吧。

②呢件衫咁流嘅，洗咗兩水就變咗形，重話係名牌添，實係流嘢喇。

這件衣服(　　　　),洗了兩次就變了形,還說是名牌,肯定是(　　)的。

5. 參考答案

① 正品　　　　假冒僞劣商品

② 質量這麼差　假冒

第四十七課　理　髮

1. 情景對話

Xiǎojiě shì bu shì yào jiǎn tóufa Xiǎng zuò shénme fàxíng
師　傅：小姐，是不是要剪頭髮？想做什麼髮型？

Wǒ xiǎng tàng tóufa fàxíng nǐ shèjì ba bù yào jiǎn de tài duǎn
顧　客：我想燙頭髮，髮型你設計吧，不要剪得太短。

Nǐ de liǎnxíng bǐjiǎo shòu tàng ge pī jiān dà bō làngxíng de yě kěyǐ zhā qǐlai Qiánmian liú yī diǎn liúhǎi
師　傅：你的臉型比較瘦，燙個披肩大波浪型的，也可以紮起來。前面留一點劉海。

Shīfu nǐ gàn zhè yī háng yǒu duō cháng shíjiān le
顧　客：師傅，你幹這一行有多長時間了？

Wǒ shí jǐ suì xué lǐ fà gàn le kuài sānshí nián le xíng le nǐ kànkan mǎnyì bu mǎnyì
師　傅：我十幾歲學理髮，幹了快三十年了……行了，你看看滿意不滿意？

Zhè ge fàxíng hěn piàoliang Shīfu nǐ de shǒuyì hěn hǎo wǒ yǐhòu hái lái zhǎo nǐ tàng tóufa
顧　客：這個髮型很漂亮。師傅，你的手藝很好，我以後還來找你燙頭髮。

2. 詞語

理髮 lǐ fà　　飛髮
髮型 fàxíng　　髮型
臉型 liǎnxíng　　面型
留海 liúhǎi　　陰
剪頭髮 jiǎn tóufa　　剪頭髮
燙頭髮 tàng tóufa　　電髮
波浪型 bōlàngxíng　　波浪型
紮起來 zhā qǐlai　　紮住

3. 知識要點

①普通話的“理髮”、“燙頭髮”和粵語的“飛髮”、“電髮”

“飛髮”、“電髮”都是方言詞，不能直接用在普通話裏，普通話應該說“理髮”、“燙頭髮”。

②普通話的副詞“很”和粵語的“好”

粵語的“好”除了作形容詞以外還可以作程度副詞，如“手藝好好”，“好啱”。表示程度的副詞“好”在普通話裏常說“很”，如“手藝很好”，“很合適”。“好”在普通話裏也可以表示程度深，但一般是用在帶有感嘆語氣的句子中，如“好冷啊”，“好漂亮”。

4. 練習

把下面的粵語說成普通話。

①呢間飛髮舖有個師傅手藝好好，佢每次同我電嘅髮都好靚。

②聽日嗰場波好好睇，啲球飛好難買，我好辛苦至撲到一張飛。

5. 參考答案

Zhè jiān lǐ fà diàn yǒu ge shī fu shǒu yì hěn hǎo tā měi
①這間理髮店有個師傅手藝很好，他每
cì gěi wǒ tàng de tóu fa dōu hěn piàoliang
次給我燙的頭髮都很漂亮。

Míngtiān nà chǎng qiú hěn hǎo kàn qiúpiào hěn nán mǎi wǒ
②明天那場球很好看，球票很難買，我
hǎo xīnkǔ cái nòngdao yī zhāng piào
好辛苦才弄到一張票。

第四十八課　做美容

1. 情景對話

Xiǎojiě shì zuò měiróng ma
美容師：小姐，是 做 美容 嗎？

Nǐmen zhè lǐ yǒu shénme měiróng xiàngmù
小　王：你們 這裏 有 什麼 美容 項目？

Yǒu quán tào pí fū hù lǐ wén méi wén yǎnxiàn tuō
美容師：有 全 套 皮膚 護理，紋 眉，紋 眼綫，脱
máo nǐ xiǎng zuò nǎyàng ne
毛，你 想 做 哪樣 呢？

Wǒ zuò quán tào pí fū hù lǐ nǐ rènwéi zuò nǎ yī
小　王：我 做 全 套 皮膚 護理，你 認爲 做 哪 一
zhǒng hù fū xiàoguǒ hǎo xie
種 護 膚 效果 好 些？

Yòng guǒsuān huó fū xiàoguǒ bù cuò tā néng shǐ
美容師：用 果酸 活 膚 效果 不 錯，它 能 使
jī fū wén lǐ jūnyún jiǎnshǎo zhòuwén pí fū liàng lì
肌膚 紋理 均勻，減少 皺紋，皮膚 亮麗
guānghuá
光滑。

Wǒ de pí fū duì suānxìng róngyì guòmǐn háishì yòng
小　王：我 的 皮膚 對 酸性 容易 過敏，還是 用
jīnghuásù hǎo le
精華素 好 了。

2. 詞語

美容項目 měiróng xiàngmù　　美容項目
皮膚護理 pífū hùlǐ　　皮膚護理

果酸活膚 guǒsuān huófū	果酸活膚
紋理均勻 wénlǐ jūnyún	紋理勻循
亮麗光滑 liànglì guānghuá	亮麗光滑
紋眉 wén méi	紋眉
紋眼線 wén yǎnxiàn	紋眼線
肌膚 jīfū	肌膚
皺紋 zhòuwén	皺紋
精華素 jīnghuásù	精華素

3. 知識要點

w 開頭的零聲母音節和 m 聲母不要混用

粵語和普通話都有 m 聲母，但有一些粵語 m 聲母的字在普通話裏是唸作零聲母，如“紋”，粵語讀［mɐn[11]］，普通話讀 wén。粵方言區的人說普通話的時候會經常把 w 開頭的零聲母音節和 m 聲母混淆，如把“問（wèn）”讀成 mèn，“味（wèi）”讀成 mèi，因此要注意區別。

4. 練習

讀下面的詞，注意其中唸零聲母的字在粵語裏聲母都是 m。

作文 zuòwén ——做門 zuò mén

新聞 xīnwén ——新門 xīn mén

微笑 wēixiào ——没笑 méi xiào

濃霧 nóng wù ——農牧 nóng mù

公務 gōngwù ——公墓 gōngmù

大網 dà wǎng ——大蟒 dà mǎng

未來 wèilái ——没來 méi lái

很晚 hěn wǎn ——很滿 hěn mǎn

侮辱 wūrǔ ——母乳 mǔ rǔ

無恙 wúyàng ——模樣 múyàng

亡 wáng ——忙 máng

萬 wàn ——慢 màn

武 wǔ ——母 mǔ

尾 wěi ——美 měi

第四十九課　買護膚品

1. 情景對話

Xiǎojiě zhè lǐ yǒu gè zhǒng xì liè de hù fū pǐn qǐng suíbiàn kànkan
售貨員：小姐，這裏有各種系列的護膚品，請隨便看看。

Zhè zhǒng rùn fū lù huì bu huì hěn yóu nì
顧　客：這種潤膚露會不會很油膩？

Yīdiǎnr yě bù yóu nì hěn qīngshuǎng de xiàtiān yòng zuì hǎo le
售貨員：一點也不油膩，很清爽的，夏天用最好了。

Nǐ jièshào yī xia nǎ zhǒng fángshàishuāng bǐ jiào hǎo
顧　客：你介紹一下哪種防曬霜比較好？

Zhè zhǒng fángshàishuāng fáng zǐ wàiguāng xiàoguǒ bù cuò chū hàn yě bù pà Nǐ shì yi shì
售貨員：這種防曬霜防紫外光效果不錯，出汗也不怕。你試一試。

Ng shì bù cuò mǎi yī píng zhè zhǒng fáng shài shuāng hái mǎi yī píng jiémiànrǔ yī hé ànmōgāo
顧　客：唔，是不錯，買一瓶這種防曬霜，還買一瓶潔面乳，一盒按摩膏。

2. 詞語

護膚品 hùfūpǐn	護膚品
潤膚霜 rùnfūshuāng	潤膚露
防曬霜 fángshàishuāng	防曬霜
潔面乳 jiémiànrǔ	洗面奶

系列 xìliè	系列
油膩 yóunì	油膩，油
清爽 qīngshuǎng	清爽
按摩膏 ànmógāo	按摩膏

3. 知識要點

普通話的量詞“瓶”和粵語的量詞“樽”

粵語的量詞“樽”是方言詞，一般不用在普通話裏，普通話要說“瓶”。如“一樽潤膚露”，普通話是“一瓶潤膚露”。粵語用“樽”作量詞的物品，有時也可以用“支”作量詞，如“一支藥膏”，普通話也說“支”。但用瓶子裝的物品，普通話不能說“支”而要說“瓶”，如“一支酒”，普通話是“一瓶酒”。

4. 練習

把下面的粵語說成普通話。

①呢樽洗髮水用晒嘞，再去買一樽喇。

②我買一支香水，一支摩絲同埋一支面膜。

5. 參考答案

Zhè píng xǐ fà shuǐ yòngwán le zài qù mǎi yī píng ba
① 這瓶洗髮水用完了，再去買一瓶吧。

Wǒ mǎi yī píng xiāngshuǐ yī píng fà jiāo hé yī zhī miàn mógāo
② 我買一瓶香水，一瓶髮膠和一支面膜膏。

第五十課　化　妝

1．情景對話

Líng jiě nǐ huà de zhuāng hěn měi nǐ jiāojiao wǒ
阿　芳：玲　姐，你　化　的　妝　很　美，你　教教　我

zěnme huà zhuāng
怎麼　化　妝。

Xiān yòng jiējìn zì jǐ fū sè de fěndǐ ránhòu tú
阿　玲：先　用　接近　自己　膚　色　的　粉底，然後　塗

yānzhī fěndǐ yào tú de jūnyún
胭脂，粉底　要　塗　得　均勻。

Wǒ yǒu hēi yǎnquān zěnyàng cáinéng zhēzhu ne
阿　芳：我　有　黑　眼圈，怎樣　才能　遮住　呢？

Báobao di tú yī céng zhēxiágāo jiù kě yǐ jiějué
阿　玲：薄薄　地　塗　一　層　遮瑕膏　就　可以　解決

wèn tí
問題。

Gēnzhe jiùshì huà yǎnxiàn hé chúnxiàn le ba
阿　芳：跟着　就是　畫　眼線　和　唇線　了　吧？

Chúngāo hé yǎnyǐng sèdiào yào xiāngchèn zuìhòu shì
阿　玲：唇膏　和　眼影　色調　要　相稱，最後　是

yòng gānfěn dìng zhuāng Huà zhuāng bù yào tài
用　乾粉　定　妝。化　妝　不　要　太

nóng dǎban yào lì qiú zì rán
濃，打扮　要　力求　自然。

2．詞語

化妝 huà zhuāng　　　化妝

粉底 fěndǐ　　　粉底

唇膏 chúngāo	唇膏
眼影 yǎnyǐng	眼影
均勻 jūnyún	勻巡
濃淡 nóng dàn	濃淡
塗胭脂 tú yānzhi	搽胭脂
遮瑕膏 zhēxiágāo	遮瑕膏
畫眼線 huà yǎnxiàn	畫眼線
色調相稱 sèdiào xiāngchèn	色調相稱

3. 知識要點

①普通話的“塗”和粵語的“搽”

把化妝品塗在臉上，粵語常用“搽”，如“搽胭脂”、“搽口紅”，普通話常説“塗”、“抹”，如“抹胭脂”、“塗口紅”。普通話也可以説“搽”，如“搽粉”，“搽雪花膏”，“塗”在粵語中用得少一些。

②普通話的“打扮”和粵語的“扮靚”

粵語的“扮靚”是方言詞，普通話要説“打扮”，如“佢每次出門都要扮靚”，普通話是“她每次出門都要打扮”。“扮靚”還有“打扮得漂亮些”的意思，如“上台表演要扮靚啲”，普通話是“上台表演要打扮得漂亮點”。

4. 練習

把下面的粵語説成普通話。

①搽粉唔好搽咁多咁厚。

②佢好識扮靚㗎，啲胭脂唇膏搽得好好睇。

5. 參考答案

Mǒ fěn bù yào mǒ de tài duō tài hòu
① 抹 粉 不 要 抹 得 太 多 太 厚。

Tā hěn huì dǎban yānzhi chúngāo tú de hěn hǎo kàn
② 她 很 會 打扮，胭脂 唇膏 塗 得 很 好 看。

家庭、保健

第五十一課　親屬稱謂(一)

1. 情景對話

Xiào Lǐ zài gěi jiā li xiěxìn ba Líkāi jiāxiāng lái
小　王：小李，在給家裏寫信吧？離開家鄉來

zhè r dúshū yīdìng hěn xiǎngniàn jiā li rén le
這兒讀書，一定很想念家裏人了。

Shì de kāixué yě hǎo jǐ tiān le gāi xiě fēng xìn
小　李：是的，開學也好幾天了，該寫封信

gěi bàba māma le
給爸爸媽媽了。

Nǐ shì lǎodà ma
小　王：你是老大嗎？

Bù shì hái yǒu yīge gēge hé yīge jiějie
小　李：不是，還有一個哥哥和一個姐姐。

Yuánlái nǐ shì xiǎo ér zi wǒ zài jiā li shì dāng
小　王：原來你是小兒子，我在家裏是當

dàgē de wǒ yǒu yīge dìdi he yīge mèimei
大哥的，我有一個弟弟和一個妹妹。

Gěi nǐ kànkan zhè quánjiāfú ba shì wǒ lái shàng
小　李：給你看看這全家福吧，是我來上

xué de qián yī tiān zhào de zhè shì wǒ yéye
學的前一天照的，這是我爺爺

he nǎinai
和奶奶。

Tāmen kànlai shēn tǐ dōu tǐng hǎo de zhàn zài páng
小　王：他們　看來　身體　都　挺　好　的，站　在　旁

biān zhè wèi shì shuí ne
邊　這　位　是　誰　呢？

Tā shì wǒ gūgu nà tiān tā yě lái kàn wǒ
小　李：她　是　我　姑姑，那　天　她　也　來　看　我。

2. 詞語

爺爺 yéye，祖父 zǔfù	阿爺
奶奶 nǎinai，祖母 zǔmǔ	阿嫲
爸爸 bàba，父親 fùqīn	阿爸
媽媽 māma，母親 mǔqīn	阿媽
哥哥 gē ge，大哥 dàgē	阿哥，大佬
姐姐 jiějie	家姐
弟弟 dìdi	細佬
妹妹 mèimei	阿妹，細妹
最小的兒子（女兒）zuì xiǎo de érzi（nǚ'ér）	仔（女）
姑姑 gūgu	姑姐
外公wàigōng,外祖父 wàizǔfù	阿公
外婆 wàipó，姥姥 lǎolao	阿婆

3. 知識要點

普通話和粵語親屬稱謂的不同形式

粵語的親屬稱謂有不少都在前面加上名詞前綴（詞頭）“阿”，如“阿爺、阿嫲、阿爸、阿媽、阿哥、阿妹、阿公、阿婆”等，而普通話的親屬稱謂前面一般都不加“阿”，如粵語的“阿爸、阿媽”，普通話説“爸爸、媽媽”，粵語“阿叔、阿嬸”，普通話説“叔叔、嬸嬸”。

4. 練習

把下面的粵語説成普通話。

①阿爺同阿嫲朝早去公園打太極拳。

②阿媽，阿哥話今晚唔返嚟食飯喎。

5．参考答案

Yéye hé nǎinai zǎoshang dào gōngyuán dǎ tài jí quán
① 爺爺 和 奶奶 早上 到 公園 打 太極 拳。

Māma gēge shuō jīnwǎn bù huílai chīfàn
② 媽媽，哥哥 説 今晚 不 回來 吃飯。

第五十二課　親屬稱謂(二)

1. 情景對話

Lǐ shěn jīntiān gànmá mǎi zhème duō jiāng hé jī dàn ne
老　王：李嬸，今天幹嗎買這麼多薑和雞蛋呢？

Xí fù kuàiyào shēng xiǎoháir le xiān mǎi hǎo yī xiē jiāng lai zhǔ jiāng cù gǎitiān yǒukòng qǐng lái chī ba
李　嬸：媳婦快要生小孩了，先買好一些薑來煮薑醋，改天有空請來吃吧。

Nà nǐ yào dāng nǎinai le zhēn kāixīn a
老　王：那你要當奶奶了，真開心呀！

Yīshēng shuō háishi shuāngbāotāi na zhèhuí zhēn gòu mánghu de
李　嬸：醫生說還是雙胞胎吶，這回真夠忙乎的。

Yǐhòu nǐ yào zhàoliào liǎngge sūn zi yào qǐng ge bǎomǔ bāngmáng ba
老　王：以後你要照料兩個孫子，要請個保姆幫忙吧？

Wǒ yǒu ge wàishēngnǚ gāng cóng xiāngxià chūlai kě yǐ xiān bāngmáng yī xià
李　嬸：我有個外甥女剛從鄉下出來，可以先幫忙一下。

Nǐ mǎi zhème duō dōngxi zěnme bù jiào ér zi huò
老　王：你買這麼多東西，怎麼不叫兒子或

zhě nǚ'ér lái ná
者 女兒 來 拿？

Yě bù suàn hěn zhòng wǒ hái ná de dòng
李 嬸：也 不 算 很 重，我 還 拿 得 動。

Ér zi péi xí fù shàng yī yuàn qù le nǚ'ér shàng
兒子 陪 媳 婦 上 醫院 去了，女兒 上

ge yuè yě chū jià le
個 月 也 出 嫁 了。

Nǐ lián zhàngmǔniang yě dāngshang le nà jiù méi
老 王：你 連 丈 母 娘 也 當 上 了，那 就 沒

qiānguà la
牽 掛 啦。

2．詞語

兒子 érzi	仔
女兒 nǚ'ér	女
媳婦 xífù，兒媳婦 érxífù	新抱
女婿 nǚxù	女婿
雙胞胎 shuāngbāotāi	孖生
孿生子（女）luánshēngzǐ（nǚ）	孖仔（女）
孫子 sūnzi	孫
岳父 yuèfù，丈人 zhàngrén	外父
岳母 yuèmǔ，丈母娘 zhàngmǔniang	外母
公公 gōnggong	家公，老爺
婆婆 pópo	家婆，奶奶
外甥 wàishēng	姨甥

3．知識要點

粵語動詞後“住”的普通話說法

粵語的“住”放在動詞後面，可以表示動作行爲的暫時性，這一用法普通話不能說“住”，也沒有完全對應的詞語表示，可以說“先……一下”，或“暫時”，如“幫住手先”，普通話可說“先幫忙一下”。粵語的“住”還可以

表示動作的持續，狀態的保持，普通話可說“着”（讀輕聲），如“攞住”、“睇住”，普通話可說“拿着”、“看着”。

4. 練習

把下面的粵語説成普通話。

①佢重喺嗰度等住你嚉。

②喺度做住先，有機會再改行啦。

5. 參考答案

Tā hái zài nà li děngzhe nǐ
① 他 還 在 那裏 等着 你。

Xiān zài zhè r zànshí gàn zhe yǒu jī huì zài gǎiháng ba
② 先 在 這兒 暫時 幹 着，有 機會 再 改行 吧。

第五十三課　姓　氏

1. 情景對話

Qǐngwèn nǎ wèi shì Wáng xiānsheng
章先生：請問，哪位是王先生？

Zhè lǐ zhǐ yǒu Wáng xiǎojiě méiyǒu Wáng xiānsheng
黃先生：這裏只有王小姐，没有王先生。

Wǒ xìng Huáng cǎo tóu huáng nǐ zhǎo de shì nǎ yī wèi
我姓黃，草頭黃，你找的是哪一位？

Duìbuqǐ wǒ de pǔtōnghuà shuō bù hǎo wǒ zhǎo de shì Huáng huá xiānsheng
章先生：對不起，我的普通話説不好，我找的是黃華先生。

Wǒ jiù shì Huáng huá qǐng wèn nín guì xìng Zhǎo wǒ yǒu shénme shì
黃先生：我就是黃華，請問您貴姓？找我有什麼事？

Wǒ shì bàoshè de miǎn guì xìng Zhāng lì zǎo Zhāng Tīngshuō nǐ shōuyǎng le ge gū guǎ lǎorén xiǎng cǎifǎng nǐ de jiātíng
章先生：我是報社的，免貴姓章，立早章。聽説你收養了個孤寡老人，想採訪你的家庭。

Wǒ jiā sān dài rén dōu bù tóng xìng Wǒ fùqin xìng Jiāng jiānghé de Jiāng tàitai xìng Sūn
黃先生：我家三代人都不同姓。我父親姓江，江河的江，太太姓孫。

章先生：你父親就是你收養的孤寡老人吧？
Nǐ fùqin jiù shì nǐ shōuyǎng de gūguǎ lǎo rén ba

黃先生：是的，我女兒也是領養的孤兒，複姓司徒。一家人雖然沒有血緣關係，但非常和睦。
Shì de wǒ nǚ'ér yě shì lǐngyǎng de gū'ér fù xìng Sī tú Yī jiā rén suīrán méiyǒu xuèyuán guānxì dàn fēicháng hémù

2. 詞語

姓氏 xìng shì	姓氏
貴姓 guì xìng	貴姓
免貴（姓…）miǎn guì	免貴（姓…）
不同姓 bù tóng xìng	唔同姓
複姓 fù xìng	複姓

3. 知識要點

有些姓氏在粵語是同音字，但普通話讀音並不相同

如“王”、“黃”粵語同音，普通話“王”讀 wáng，是零聲母，“黃”讀 huáng，聲母是 h，說粵語的人講普通話時容易受粵語的影響，把“黃”誤讀成“王”。又如粵語同音的“周”和“鄒”普通話兩個字的聲母也不同，“周”讀 zhōu，聲母是捲舌音 zh，“鄒”讀 zōu，聲母是舌尖前音 z。也有一些粵語同音的姓氏在普通話聲母相同而韻母不同，如“盧”與“勞”，普通話分別讀 lú 和 láo，“屠”和“陶”，普通話分別讀 tú、táo，講粵語的人用普通話說這些姓氏用字時應注意它們的不同讀音。

4. 練習

用普通話讀出下列詞語，注意粵語同音的姓氏在普通話的不同讀音。

惠先生 Huì xiānsheng——衛先生 Wèi xiānsheng

洪小姐 Hóng xiǎojiě——熊小姐 Xióng xiǎojiě

黄老師 Huáng lǎoshī ——王老師 Wáng lǎo shī
周經理 Zhōu jīnglǐ ——鄒經理 Zōu jīnglǐ
盧主任 Lú zhǔrèn ——勞主任 Láo zhǔrèn
饒校長 Ráo xiàozhǎng ——姚校長 Yáo xiàozhǎng

第五十四課　婚　姻

1. 情景對話

Huá shū Huá shěn wǒ hé Ā shān jìng nǐmen yī bēi jiǔ
甲：華叔華嬸，我和阿珊敬你們一杯酒。

Ā míng nǐ hé Ā shān tán liàn'ài tán le hǎo jǐ nián le jīntiān shì nǐmen de dà xǐ rì zi gōngxǐ nǐmen
乙：阿明，你和阿珊談戀愛談了好幾年了，今天是你們的大喜日子，恭喜你們。

Huá shū nín yīzhí dōu hěn guānxīn wǒmen de hūnshì zhēn yào hǎohao xièxie nín
甲：華叔，您一直都很關心我們的婚事，真要好好謝謝您。

Nà shì yīnggāi de Jīntiān zhè ge hūnlǐ hěn rènào zhù nǐmen liǎ xìngfú měimǎn bái tóu xié lǎo
乙：那是應該的。今天這個婚禮很熱鬧，祝你們倆幸福美滿，白頭偕老。

Xièxie Huá shū nín hé Huá shěn jiéhūn jǐ shí nián le yīzhí hémù xiāngchǔ yǒu shénme hǎo jīngyàn jièshào yīxià
甲：謝謝。華叔，您和華嬸結婚幾十年了，一直和睦相處，有什麼好經驗介紹一下。

Fūqī zhījiān zuì yàojǐn de shì hùxiāng xìnrèn hùxiāng
乙：夫妻之間最要緊的是互相信任，互相

guānxīn gòngtóng chéngdān jiātíng zé rèn
關心，共同 承擔 家庭 責任。

2. 詞語

婚姻 hūnyīn	婚姻
談戀愛 tán liàn'ài	拍拖
結婚 jiéhūn	結婚
婚禮 hūnlǐ	婚禮
幸福美滿 xìngfúměimǎn	幸福美滿
白頭偕老 bái tóu xié lǎo	白頭到老
和睦相處 hémù xiāngchǔ	和睦相處
互相信任 hùxiāng xìnrèn	互相信任
關心 guānxīn	關心

3. 知識要點

粵語和普通話程度副詞“好”的用法

粵語的“好”可以用作程度副詞，表示程度非常高，這一用法普通話一般說“很”，如“好關心”、“好熱鬧”，普通話說“很關心”、“很熱鬧”。普通話口語有時也用“好”表示程度非常高，這時往往帶上感嘆的語氣，或有點誇張的口吻，如“這花好香!”比起“這花很香”的語氣更強烈，這是普通話“好”表示非常高的程度的用法和粵語“好”不同的地方。

4. 練習

把下面的粵語説成普通話。

①佢讀書嘅成績好好。

②你睇佢哋兩個好傾得埋嚡。

5. 參考答案

Tā dú shū de chéng jì hěn hǎo
① 他 讀 書 的 成 績 很 好。

Nǐ kàn tā menliǎng hěn tán de lái
② 你 看 他們 倆 很 談 得 來。

第五十五課　年　齡

1. 情景對話

Chén yí zhè shì nǐ sūnnǚ ma Yǒu duō dà le
小　王：陳　姨，這　是　你　孫女　嗎？有　多　大　了？

Chàbuduō liù suì jīnnián gòu niánlíng dú shū le
陳　姨：差不多　六　歲，今年　夠　年齡　讀　書　了。

Jīntiān shì wǒ sūn zi mǎn yuè chī hóng jī dàn ba
小　王：今天　是　我　孫子　滿　月，吃　紅　鷄蛋　吧。

Gōng xǐ nǐ nǐ wǔshí chūtóu jiù zuò nǎinai le zhēn
陳　姨：恭喜　你，你　五十　出頭　就　做　奶奶　了，真

yǒu fú qi Nǐ mǔqin shēn tǐ hǎo ba
有　福氣。你　母親　身體　好　吧？

Shēn tǐ hái hǎo guò jǐ tiān shì tā bāshí dà shòu
小　王：身體　還　好，過　幾　天　是　她　八十　大　壽。

Zhēn kànbuchū tā yǒu bāshí suì kàn shangqu xiàng
陳　姨：真　看不出　她　有　八十　歲，看　上去　像

liùshí duō suì de yàng zi
六十　多　歲　的　樣子。

Nǐ nǚ'er zhǎng de yě hěn niánqīng kuài dào zhōng
小　王：你　女兒　長　得　也　很　年輕，快　到　中

nián le hái xiàng ge èr shí duō suì de niánqīng
年　了，還　像　個　二十　多　歲　的　年青

gūniang
姑娘。

2. 詞語

年齡 niánlíng　　　　年齡

滿月 mǎn yuè　　　　滿月

有多大 yǒu duō dà	有幾大
差不多 chàbuduō	差唔多
五十出頭 wǔshí chūtóu	五十出頭
二十多歲 èrshí duō suì	二十幾歲
中（老）年 zhōng（lǎo）nián	中（老）年
（長得）很年輕（zhǎngde）hěn niánqīng	好後生

3. 知識要點

粵語“幾”的普通話譯法

粵語的“幾”使用範圍比普通話廣，意義比普通話多。①用作疑問代詞，可以詢問數量，這一用法普通話也可說“幾”，或說“多少”，如“嚟咗幾個人”，普通話也可說“來了幾個人”或“來了多少個人”。粵語“幾”還可以詢問程度，這一用法普通話要說“多”，不能說“幾”，如“有幾大喇”，普通話要說“有多大了”，不能照樣說“幾大”。又如“幾高”，普通話要說“多高”。②用作程度副詞，表示程度相當高（口語常重讀）普通話可說“相當”、“挺”，也可表示程度上過得去，普通話說“還”，如“身體幾好”，普通話可說“身體還好”。“幾”在普通話不能用作程度副詞。③用作數詞，表示大於一而小於十的不定數目，普通話也可說“幾”，如“過幾天”。還可用在整數或數量詞後表示大概的餘數，這種用法普通話一般說“多”，不說“幾”，如“六十幾歲”，普通話說“六十多歲”。

4. 練習

把下面的粵語説成普通話。

①海南島夏天有幾熱呀？

②佢讀書幾用功呀，唔怪得成績咁好啦。

5. 參考答案

Hǎinándǎo xiàtiān yǒu duō rè ne
① 海南島 夏天 有 多 熱 呢？

Tā dúshū tǐng yònggōng de nánguài chéngjì zhème hǎo
② 他 讀書 挺 用功 的，難怪 成績 這麼 好。

第五十六課　人　品

1. 情景對話

Chén yí nǐ ér zi jié hūn le Ér xí fùr rénpǐn zěnme
王　嬸：陳　姨，你　兒子　結婚　了？兒媳婦　人品 怎麼

yàng
樣？

Ér xí fùr zhǎng de bù suàn hěn piàoliang dàn rén
陳　姨：兒　媳婦　長　得　不　算　很　漂亮，但　人

pǐn bù cuò duì lǎorén hěn xiàoshùn duì dì mèi yě
品　不　錯，對　老人　很　孝順，對　弟　妹　也

hěn hǎo
很　好。

Zhǎngxiàng shì cì yào de zuì yàojǐn de shì rénpǐn hǎo
王　嬸：長　相　是　次要　的，最　要緊　的　是　人品　好，

bùrán de huà jiātíng jiù méiyǒu hémù de qìfēn
不然　的　話　家庭　就　没有　和睦　的　氣氛。

Wǒ ér xí fùr dài rén hěn rè qíng yòu hěn zhēnchéng
陳　姨：我　兒媳婦　待　人　很　熱情　又　很　真　誠，

cóng bù bānnòng shìfēi Nǐ nǚxù zěnme yàng
從　不　搬弄　是非。你　女婿　怎麼　樣？

Tā shì běifāng rén zhōnghòu lǎoshí xīncháng hǎo yǒu
王　嬸：他　是　北方　人，忠　厚　老實，心　腸　好，有

ài xīn hěn huì guānxīn tǐ tiē rén
愛心，很　會　關心　體貼　人。

Xiànzài wǒ nǚ'ér zhèngzài tán liàn'ài wǒ tí xǐng tā
陳　姨：現在　我　女兒　正在　談　戀愛，我　提醒　她

shǒuxiān shì kàn rénpǐn rénpǐn bǐ xiàngmào cái chǎn
首先　是　看　人品，人品　比　相貌　財　產

gèng zhòngyào
更 重 要。

2. 詞語

人品 rénpǐn	人品
孝順 xiàoshùn	孝順
熱情真誠 rèqíng zhēnchéng	熱情真心
搬弄是非 bānnòng shìfēi	搞是搞非
忠厚老實 zhōnghòu lǎoshí	忠厚老實
關心體貼 guānxīn tǐtiē	關心體貼

3. 知識要點

粵語“點、點樣”的普通話譯法

粵語的疑問代詞“點”、“點樣”，主要用來詢問性質、狀態和方式，普通話要説“怎麼、怎樣、怎麼樣”，其中“怎麼”一般要放在動詞前作狀語，不作謂語，“怎樣、怎麼樣”的用法則比“怎麼”要靈活，既可在動詞前作狀語，也可以單獨作謂語，如“新抱個人點樣呀”、“你女婿點呀”，普通話可説“兒媳婦人品怎麼樣”、“你女婿怎麼樣”，這兩句都不能説“怎麼”，而要説“怎樣、怎麼樣”。

粵語的“點、點樣”也可以不表示疑問，而用來表示泛指性質、狀況或方式，普通話的“怎麼、怎樣、怎麼樣”同樣也有這樣的用法。如“人哋點講，你就點做啦”，普通話也可以説“別人怎麼説，你就怎麼做吧。”

4. 練習

把下面的粵語説成普通話。

①呢個問題應該點樣解決呢?

②你哋嘅節目準備得點呀?

5. 參考答案

Zhège wèntí gāi zěnme jiějué
① 這個 問題 該 怎麼 解決?

Nǐmen de jiémù zhǔnbèi de zěnyàng
② 你們 的 節目 準備 得 怎樣?

第五十七課　性　格

1. 情景對話

Māma nǐ duì Ā líng de yìnxàng rú hé
兒　子：媽媽，你對阿玲的印象如何？

Ā líng zhè ge rén hěn wénjìng shuō huà xì shēng xì yǔ de shì nà zhǒng xìng gé wēnróu bǐ jiǎo nèi xiàng de nǚ háir
母　親：阿玲這個人很文靜，説話細聲細語的，是那種性格温柔比較内向的女孩。

Wǒ de pí qì bǐ jiǎo jí zào bù zhī gēn tā hé bu hé de lái
兒　子：我的脾氣比較急躁，不知跟她合不合得來？

Měi ge rén de xìng gé xìng qù bù xiāngtóng shì hěn zhèngcháng de jiāo péngyǒu tán liàn' ài zhǔyào kàn rénpǐn
母　親：每個人的性格興趣不相同是很正常的，交朋友談戀愛主要看人品。

Sǎosao hěn zhíshuǎng kuài rén kuài yǔ zuò shì má li hé Ā líng bǐ qi lai nǐ xǐ huan nǎ zhǒng xìng gé
兒　子：嫂嫂很直爽，快人快語，做事麻利，和阿玲比起來你喜歡哪種性格？

Nǐ sǎosao xìng gé wàixiàng shuō huà suīrán zhí lái
母　親：你嫂嫂性格外向，説話雖然直來

zhí qù dàn xīndì shànliáng tāmen liǎng ge wǒ dōu
直 去，但 心地 善良，她們 倆 個 我 都

xǐhuan
喜歡。

2. 詞語

性格 xìnggé	性格
內（外）向 nèi（wài）xiàng	內（外）向
文靜溫柔 wénjìng wēnróu	文靜溫柔
細聲細語 xì shēng xì yǔ	陰聲細氣
脾氣急躁 píqì jízào	脾氣急躁
直爽 zhíshuǎng	直爽
做事麻利 zuò shì málì	做事麻利

3. 知識要點

普通話和粵語表示轉折關係的複句的異同

表示轉折關係的複句，粵語和普通話前一分句所使用的關聯詞語是一樣的，都用“雖然”，後一分句粵語的關聯詞語用“但係”或“之但係”，普通話則說“但是”，也可只說“但”，如情景對話中“講嘢雖然直腸直肚，但係心地善良”，普通話則說“說話雖然直來直去，但心地善良”。

4. 練習

把下面的粵語說成普通話。

①佢雖然七十幾歲嘞，但係身體重好健壯。

②佢哋兩個雖然性格唔同，之但係相處得幾好。

5. 參考答案

Tā suīrán qī shí duō suì le dànshì shēn tǐ hái hěn jiàn
① 他 雖然 七十 多 歲 了，但是 身體 還 很 健

zhuàng
壯。

Tāmen liǎ suīrán xìnggé bù tóng dàn xiāngchǔ de tǐng hǎo
② 他們 倆 雖然 性格 不 同，但 相處 得 挺 好。

第五十八課　修　養

1. 情景對話

Zhāngyí nǐ ér zi zhēn hǎo cōngmíng yǒu lǐ yòu
王　嬸：張 姨，你 兒子 真 好，聰 明 有 禮，又

lè yú zhù rén
樂 於 助 人。

Cōngmíng shuōbushàng bùguò xiànzài dàirén-jiēwù yǒusuǒ
張　姨：聰 明 説不 上，不過 現在 待人接物 有所

jìnbù jiùshì le
進步 就是 了。

Nǐmen shì zěnyàng jiāo de tā zhème hǎo de
王　嬸：你們 是 怎樣 教 得 他 這麼 好 的？

Cóng xiǎo wǒmen jiù jiāo tā dài rén yào yǒu lǐ
張　姨：從 小 我們 就 教 他 待 人 要 有 禮

mào yǔ rén xiāng chǔ yào zhēnchéng qiānxū yào
貌，與 人 相 處 要 真 誠 謙 虛，要

yǒu shèhuì gōngdéxīn
有 社會 公 德心。

Wǒmen jiā duì mén de nà hái zi yī diǎn xiūyǎng
王　嬸：我們 家 對 門 的 那 孩子 一點 修養

dōu méiyǒu yòu yěmán yòu zì sī bù jiǎng wénmíng
都 没有，又 野蠻 又 自私，不 講 文 明。

Zuò rén yào zhòngshì dàodé xiūyǎng yào ràng hái zi
張　姨：做 人 要 重 視 道德 修養，要 讓 孩子

duō kàn yǒu yì shēnxīn jiànkāng de shū péiyǎng
多 看 有 益 身 心 健 康 的 書，培 養

liánghǎo de dàodé xíngwéi
良 好 的 道德 行爲。

2. 詞語

道德修養 dàodé xiūyǎng	道德修養
禮貌 lǐmào	禮貌
樂於助人 lè yú zhù rén	樂於助人
待人接物 dài rén jiē wù	待人接物
謙虛 qiānxū	謙虛
公德心 gōngdéxīn	公德心
文明 wénmíng	文明
野蠻自私 yěmán zìsī	野蠻自私

3. 知識要點

形容詞“多”、“少”和動詞組合時普通話和粵語的不同位置

粵語“多”、“少”表示數量有所增加或減少時，放在動詞後面作補語，如“睇多啲有益身心健康嘅書”；普通話“多”、“少”則要放在動詞前面作狀語，如該句應説成“多看些有益身心健康的書”。

4. 練習

把下面的粵語説成普通話。

①文章寫完以後要睇多幾次，改多幾次，爭取出少啲差錯。

②今日天氣凍咗，要着多件衫嚁。

5. 參考答案

Wénzhāng xiě wán yǐhòu yào duō kàn jǐ cì, duō gǎi jǐ cì, zhēngqǔ shǎo chū chācuò

① 文章寫完以後要多看幾次，多改幾次，爭取少出差錯。

Jīntiān tiānqì liáng le, yào duō chuān xiē yīfu

② 今天天氣涼了，要多穿些衣服。

第五十九課　養　生

1. 情景對話

Wáng bó nín kuài bāshí suì le kàn shangqu xiàng

張　伯：王伯，您快八十歲了，看上去像

liùshí lái suì de yàng zi nín yǒuxiē shénme yǎng

六十來歲的樣子，您有些什麼養

shēng zhī dào ma

生之道嗎？

Qíshí yě méi shénme yǎngshēng zhī dào bùguò jiùshì

王　伯：其實也没什麼養生之道，不過就是

zhù yì yǐnshí zǎo shuì zǎo qǐ hé duō yùndòng bà le

注意飲食，早睡早起和多運動罷了。

Nín píngshí ài chīxiē shénme

張　伯：您平時愛吃些什麼？

Wǒ xǐ huan chī qīngdàn de shíwù duō chī qīngcài

王　伯：我喜歡吃清淡的食物，多吃青菜，

jìnliàng shǎo chī gāo zhīfáng gāo dànbái de dōngxi

盡量少吃高脂肪高蛋白的東西。

Nín chōu yān ma

張　伯：您抽煙嗎？

Niánqīng de shíhòu chōuguo hòulái jièdiào le chōu yān

王　伯：年青的時候抽過，後來戒掉了，抽煙

yǒu hài jiànkāng Jiǔ kě yǐ shǎo liàng de hē diǎnr

有害健康。酒可以少量的喝點。

Nà wǒ yào xiàng nín xuéxí yixia yǎngshēng zhī dào

張　伯：那我要向您學習一下養生之道

cái xíng

才行。

2. 詞語

普通話	粵語
養生之道 yǎngshēng zhī dào	養生之道
注意飲食 zhùyì yǐnshí	注意飲食
早睡早起 zǎo shuì zǎo qǐ	早瞓早起
清淡 qīngdàn	清淡
高脂肪 gāo zhīfáng	高脂肪
高蛋白 gāo dànbái	高蛋白
抽（戒）煙 chōu（jiè）yān	食（戒）煙
喝酒 hē jiǔ	飲酒

3. 知識要點

粵語形容詞重疊“××哋”的普通話譯法

粵語單音節的形容詞重疊後，在後面再加上詞尾“哋”，構成“××哋”形式，這樣所表示的程度一般比該形容詞的原義要輕微些、減弱些。普通話的形容詞重疊後反而表示程度加深，所以說普通話時不能按粵語的形式說成“××地”，而要說“有點兒……”“稍微……”，或用相應的意思來表示，如情景對話中的“少少哋”，普通話可以說“少量的”。又如“高高哋”、“甜甜哋”，普通話可說成“稍高”、“有點甜”，而不能說“高高地”、“甜甜地”。

4. 練習

把下面的粵語說成普通話。

①呢件衫重濕濕哋，再晾多一陣先至收啦。

②呢種餅鹹鹹哋，幾啱口味。

5. 參考答案

① Zhè jiàn yīfu hái yǒu diǎnr shī zài duō liàng yīhuìr cái shōu ba
這件衣服還有點濕，再多晾一會兒才收吧。

② Zhè zhǒng bǐng shāowēi yǒu diǎnr xián tǐng hé kǒuwèi
這種餅稍微有點鹹，挺合口味。

第六十課　衛生習慣

1. 情景對話

Xiǎo qiáng nǐ zěnme bù xǐ shǒu jiù ná shuǐguǒ
母　親：小　強，你　怎麼　不　洗　手　就　拿　水果

chī
吃？

Wǒ de shǒu bù zāng bù yòng xǐ le
小　強：我　的　手　不　髒，不　用　洗　了。

Nǐ gāngcái wánguo wánjù shǒu shang yǒu xìjūn de
母　親：你　剛才　玩過　玩具，手　上　有　細菌　的，

kuài qù xǐ shǒu
快　去　洗　手。

Bǎ xìjūn chīdao dùzi lǐ shì bu shì huì zhǎng
小　強：把　細菌　吃到　肚子　裏　是　不　是　會　長

chóng dé bìng de
蟲　得　病　的？

Dāngrán le chī dōngxi qián yīdìng yào xǐ shǒu
母　親：當然　了，吃　東西　前　一定　要　洗　手，

fángzhǐ bìng cóng kǒu rù cóng xiǎo yào yǎngchéng
防止　病　從　口　入，從　小　要　養成

liánghǎo de wèishēng xíguàn
良好　的　衛生　習慣。

Háiyǒu nǎxiē wèishēng xíguàn yào zhùyì de ne
小　強：還有　哪些　衛生　習慣　要　注意　的　呢？

Háiyǒu měi tiān zǎo wǎn yào rènzhēn shuā yá shàng
母　親：還有　每　天　早　晚　要　認真　刷　牙，上

wan cèsuǒ yào chōng shuǐ hé xǐ shǒu bù chī bù
完　厠所　要　沖　水　和　洗　手，不　吃　不

gānjìng de shíwù
乾淨 的 食物。

2．詞語

衛生習慣 wèishēng xíguàn	衛生習慣
長蟲得病 zhǎng chóng dé bìng	生蟲得病
病從口入 bìng cóng kǒu rù	病從口入
認真刷牙 rènzhēn shuā yá	認真刷牙
洗手 xǐ shǒu	洗手
細菌 xì jūn	細菌
髒 zāng	污糟

3．知識要點

普通話的“怎麼”和粵語的“點解”、“點樣”

粵語的疑問代詞“點解”，用來詢問原因或目的，普通話要説“爲什麼”或“怎麼”，如“你點解唔洗手就攞水果食呀”，普通話説“你怎麼不洗手就拿水果吃”。普通話的“怎麼”還可以用來詢問性質、狀態和方式，這一用法粵語就不説“點解”，而用“點、點樣”，（這一內容可參看第五十六課知識要點）。可見普通話“怎麼”比粵語“點解”的使用範圍要大，它可以表示粵語“點解”和“點、點樣”這兩種不同的意義。

4．練習

把下面的粵語説成普通話。

①你點解啱啱食完飯就去沖涼呀？噉樣對身體唔好㗎。

②呢個問題點樣解決呀？

5．參考答案

Nǐ zěnme gāng chī wán fàn jiù qù xǐzǎo ne Zhèyàng duì
① 你 怎麼 剛 吃 完 飯 就 去 洗澡 呢？這樣 對
shēn tǐ bù hǎo de
身體 不 好 的。

Zhège wèn tí gāi zěnme jiějué ne
② 這個 問題 該 怎麼 解決 呢？

第六十一課　看　病(一)

1. 情景對話

Nǐ nǎ r bù shū fu
醫　生：你 哪兒 不 舒服？

Wǒ de tóu yūnhū hu de hún shēn suān tòng gāngcái
患　者：我 的 頭 暈乎乎 的，渾 身 酸 痛，剛才

hùshi gěi wǒ liáng tǐ wēn sānshíjiǔ dù
護士 給 我 量 身温，三十九 度。

Nǐ kěnéng shì gǎnmào fā shāo wǒ gěi nǐ jiǎnchá yī
醫　生：你 可能 是 感冒 發燒，我 給 你 檢查 一

xià Nǐ yǒu méiyǒu dǎ pēn tì liú bí tì
下。你 有 没有 打 噴嚏 流 鼻涕？

Méiyǒu bùguò yǒu diǎn késou hóulóng téng
患　者：没有，不過 有 點 咳嗽，喉嚨 疼。

Nǐ xiān dǎ yī zhēn zài ná diǎn yào huíqu chī
醫　生：你 先 打 一 針，再 拿 點 藥 回去 吃。

Dài fu yào zěnme ge fú fǎ
患　者：大夫，藥 怎麽 個 服 法？

Měi tiān chī sān cì yàoshuǐ měi cì yī gé yàowán
醫　生：每 天 吃 三 次，藥水 每 次 一 格，藥丸

měi cì liǎng lì
每 次 兩 粒。

2. 詞語

看病 kàn bìng	睇病
大夫 dàifu	醫生
感冒 gǎnmào	感冒
發燒 fā shāo	發燒

咳嗽 késou	咳
打針 dǎ zhēn	打針
喉嚨疼 hóulóng téng	喉嚨痛
頭暈乎乎 tóu yūnhūhu	頭暈陀陀
護士 hùshi	護士，姑娘
量體溫 liáng tǐwēn	探熱
打噴嚏 dǎ pēntì	打乞嗤
流鼻涕 liú bítì	流鼻涕
吃（服）藥 chī（fú）yào	食藥
藥丸（水）yàowán（shuǐ）	藥丸（水）

3．知識要點

粵語“同”作介詞的普通話譯法

粵語的“同”用作介詞，可以表示服務的對象，即表示替人做事，普通話的“同”没有這樣的用法，要説“給”或“替”，如“頭先姑娘同我探熱”，普通話要説“剛才護士給我量體温”，而不能説“同我量體温”。另外，粵語的“同”用作介詞還可以引進動作涉及的對象或比較的對象，這種用法普通話也可説“同”，但口語更常見的用法是説“和、跟”，如“有乜困難就同我講”，普通話説“有什麽困難就跟我説”。

4．練習

把下面的粵語説成普通話。

①我有嘢同你講。

②我同你問下佢得唔得啦。

5．參考答案

Wǒ yǒu shì gēn nǐ shuō
① 我 有 事 跟 你 説。

Wǒ tì nǐ wènwen tā xíng bù xíng ba
② 我 替 你 問問 他 行 不 行 吧。

第六十二課　看　病(二)

1. 情景對話

Yīshēng wǒ de yòu yǎn jìnlái yuè lai yuè móhu
患　者：醫生，我的右眼近來越來越模糊，

chàbuduō quán xiā le
差不多全瞎了。

Zhè shì báinèizhàng bù yàojǐn zuò shǒushù jiù huì
醫　生：這是白內障，不要緊，做手術就會

hǎo de
好的。

Yào zhù yuàn ba Kāi dāo téng bu téng a
患　者：要住院吧？開刀疼不疼啊？

Dǎ le máyào bù téng de Zhèxiē shì huàyàndān nǐ
醫　生：打了麻藥不疼的。這些是化驗單，你

xiān qù zuò jiǎnchá
先去做檢查。

Yàn xiě xiōng tòu xīndiàn tú chāoshēngbō yào zuò zhè
患　者：驗血，胸透，心電圖，超聲波，要做這

me duō xiàng
麼多項？

Zhè shì shǒushù qián de chángguī jiǎnchá qǔ le jié
醫　生：這是手術前的常規檢查，取了結

guǒ yǐhòu dàishang bìng lì qù bàn lǐ zhù yuàn shǒu
果以後帶上病歷去辦理住院手

xù
續。

2．詞語

眼睛瞎 yǎnjīng xiā	眼盲
做手術 zuò shǒushù	做手術
打麻藥 dǎ máyào	打麻藥
常規檢查 chángguī jiǎnchá	常規檢查
化驗單 huàyàndān	化驗單
心電圖 xīndiàntú	心電圖
住院 zhù yuàn	住院，留醫
開刀 kāi dāo	開刀
病歷 bìnglì	病歷
驗血 yàn xiě	驗血
胸透 xiōng tòu	照肺
超聲波 chāoshēngbō	超聲波

3．知識要點

粵語“埋”字在動詞後面的普通話説法

粵語動詞後面的“埋”，有幾種不同的作用，普通話都没有完全對應的詞語直接對譯，要根據不同的意思使用不同的表示方法。①表示動作所涉及的範圍擴大到某一對象，普通話可説“連……也”、“把……也”，如“攞咗結果以後帶埋病歷去辦住院手續”，普通話可説“取了結果後把病歷也帶上，去辦住院手續”。②表示把動作進行到底，使動作完成，普通話可用“完”表示，如“做埋啲功課先至睇電視”，普通話可説“做完功課再看電視”。③表示動作造成某種狀態，普通話可説“成”，如“將呢啲紙釘埋一本”，普通話説“把這些紙釘成一本”。④表示動作趨向於説話人所在的位置或某一目標，普通話可説“過來”或“靠（往）……”，如“行埋嚟”、“企埋啲”，普通話可説“走過來”、“靠裏邊一點站”。

4．練習

把下面的粵語説成普通話。

①將啲垃圾掃埋一堆啦。

②食埋呢啲藥，病就會好㗎喇。

③下次睇病嗰陣記得帶埋張驗單嚟。

5. 参考答案

Bǎ zhèxiē lā jí sǎo chéng yī duī ba
① 把 這些 垃圾 掃 成 一 堆 吧。

Chī wán zhèxiē yào bìng jiù huì hǎo le
② 吃 完 這些 藥，病 就 會 好 了。

Xià cì kànbìng de shíhou jì de bǎ huàyàndān yě dài shang
③ 下次 看病 的 時候 記得 把 化驗單 也 帶 上。

附　録

普通話與粵語的語法比較

語法包括詞法和句法兩部分。普通話與粵語語法的比較可以從這兩方面進行。首先看詞類，普通話和粵語都有以下這些實詞（括號裏的是粵語詞）：

名詞　樹、狗、江、書包、家庭、飛機
動詞　想、笑、有、學習、擔心、禁止
形容詞　好、壞、短、老實、高大、雪白
數詞　一、二、第一、三倍、一千左右
量詞　個、隻、條、架、趟、次、人次
代詞　我、你、誰（邊個）、這（呢）、那（嗰）、這樣（噉樣）

虛詞的類別普通話與粵語也是相同的，如：

副詞　最、都、依然、還是（重喺）、居然、幸虧（好在）
介詞　從、由、依照、同、對、把（將）、由於
連詞　和（同）、因爲、雖然、而、而且
助詞　的（嘅）、地（噉）、得、過、着（住）
語氣詞　嗎（咩）、呢、吧（啦）了（喇）、哼、咦、啊

嘆詞和擬聲詞是特別的實詞

嘆詞　喂、嗯、唉呀、啊
擬聲詞　嘩啦嘩啦　轟隆　呼呼　（凌凌林林）

普通話與粵語詞類雖然大體相同，但每一類詞中包括的具體詞當然是有不同的，粵語在每一類詞中，都有一些方言詞沒有被吸收到普通話詞彙中。各類詞在句中的用法也不盡相同。

形容詞表示程度的變化普通話一般會加程度副詞“很”或“稍”，

而粵語的表達略有不同，試比較：

普通話	很紅	**粵語**	紅紅（前一音節重讀、變中升調，第二音節不變）
			紅一紅（第一音節重讀）
	稍紅		紅紅哋（第一音節不變、第二音節變中升調）
	很認真		認認真（第一音節重讀、變中升調、第二、三音節不變）
			認一認真（第一音節重讀）

當然普通話和粵語的形容詞都會用“AA”或“AABB”的重疊形式表示程度的加深，如：“高高”“大大方方”，這些重疊形式是普通話與粵語一致的。

動詞的時態，普通話用動態助詞“着”“了”“過”，表示動作的持續貌、完成貌和經歷貌。粵語的表示法就略有不同，試比較：

普通話	看着書	**粵語**	睇緊書	（表動作進行貌）
	正在看書		睇開書	（表動作持續貌）
	拿着書		攞住書	（表動作保持貌）
	看完了書		睇完咗書	（表動作完成貌）
	把書合上		將書合翻埋	（用“翻”表回復貌）
	一看書就煩		睇親書就煩	（用“親”表示行爲、狀態的緊接）
	書看過了		書睇過嘞	（用“過”表示經歷貌）

普通話動詞用“AA”“ABAB”的重疊形式表示動作的短暫和嘗試的語法意義，而粵語是用“AA”“A一A”，或用動態助詞“下”附在動詞後面來表示同樣的語法意義，如：普通話說“想想”“研究研究”粵語說“想吓”“想一想”“研究吓”。

語氣詞是放在句末或句中停頓處表示種種語氣的詞，普通話的語氣詞跟粵語也有一些差異，試比較（括號裏的是粵語詞）：

表示陳述語氣

的（嘅）；了、吧（喇）、嘛（咧）；唄（咯、喇、嘞）、罷了、罷（之嘛）；啦

表示疑問語氣

嗎（咩）、吧（啩、㗎）、呢、啊

表示祈使語氣

吧（啦）、了、啊

表感嘆語氣

啊（啊）

粵語有一些語氣詞是普通話比較難找到對應的詞的（括號內是普通話），如：

表示提醒、叮囑口氣的"噃"〔pɔ³³〕

去旅遊小心啲噃。

（去旅遊小心點兒。）

表示轉告意思的"喎〔wɔ¹³〕"

你媽咪叫你放咗學快啲翻屋企喎〔wɔ¹³〕。

（你媽媽叫你放學後快點兒回家。）

表示提示、勸告或肯定的口氣的"啫"〔tʃɛk⁵〕

琴晚我見到你同男朋友行街啫。（表提示）

（昨晚我看到你和男朋友逛街。）

唔好跟佢去啫。（表勸告）

（不要跟他去。）

係噉樣嘅啫。（表肯定）

（是這樣的。）

表示輕視或"認爲平常"的口氣"嗻"〔tʃɛ⁵⁵〕

條題目好容易嗻。（表輕視）

（這道題很容易。）

小意思嘛，唔使多謝我。　　（認爲平常）

（只不過是一點小意思，不用謝我。）

……

在句法方面，普通話與粵語的句子成分基本上是一樣的，都有主語、謂語、賓語、定語、狀語、補語和特殊成分獨立語（分別用 ═══、───、〰〰、（　　）、〔　　〕、〈　　〉、△△等符號表示）如：

你看，我們學校今年又建成了兩棟教學大樓。
△△，（　）═══〔　〕〔　〕〈　〉（　）（　）〰〰

你睇，我哋學校今年又建成咗兩座教學大樓。
△△，（　）═══〔　〕〔　〕〈　〉（　）（　）〰〰

句子類型方面，普通話和粵語的基本句型也是相似的，例如：

（一）單句

1．主謂句

①動詞謂語句

大家都來學講普通話。（大家都嚟學講普通話。）

②形容詞謂語句

西湖真美！（西湖好靚！）

③名詞謂語句

明天國慶節。（聽日國慶節。）

④主謂謂語句

這個人我沒見過。（呢個人我冇見過。）

2．非主謂句

①動詞性非主謂句

快跑！（快啲走啦！）

②形容詞性非主謂句

真熱！（好熱呀。）

③名詞性非主謂句

好球！（靚波！）

④嘆詞句

喂！（喂！）

（二）複句

1. 聯合複句

①並列關係

他一邊吃飯，一邊看電視。

（佢一自食飯，一自睇電視。）

②承接關係

他見過了廠長，就到車間了解情況去了。

（佢見過咗廠長，就去到車間了解情況嘞。）

③解説關係

他有兩個特長：一是會寫詩，二是會作曲。

（佢有兩個特長：一個係識寫詩，一個係識作曲。）

④選擇關係

中學畢業以後你準備繼續升學，還是參加工作？

（中學畢業之後你準備繼續讀書，定係去做嘢呀？）

2. 偏正複句

①轉折關係

雖然學費很高，但我還是要支持兒子讀書。

（雖然學費好貴，之但喺我重係要支持個仔讀書。）

②因果關係

因爲平時工作壓力太大，所以週末他總要去娛樂一下。

（因爲平時工作壓力太大，所以週末佢總要去娛樂吓。）

③條件關係

吃得苦中苦，方能成大業。

（食得苦中苦，先至可以成大業㗎。）

④假設關係

如果有人賞識我，我一定會努力地工作。

（如果有人睇得起我，我一定會畀心機做嘢。）

⑤目的關係

你趕快把錢還給人家，免得我牽掛。

（你快脆啲將錢還翻畀人哋，免至我掛住。）

⑥取捨關係

我寧願半工半讀，也不放棄升學的機會。

（我情願半工半讀，都唔放棄升學嘅機會。）

在複句中，我們看到普通話與粵語，分句間的邏輯類型是一樣的，但連接分句的關聯詞語却常常有別。

普通話與粵語單句的句型雖然基本一致，但有幾類句子，差別大些，我們學習普通話的時候要注意辨別，不要把粵語的句式用到普通話裏。

（1）狀語的位置

普通話動詞或形容詞的修飾、限制成分(即狀語)，一般是在放在動詞或形容詞的前面。而粵語動詞、形容詞的修飾、限制成分却往往放在它們的後面。試比較(加點的詞是狀語)：

①太累了，想休息一下。

（癐得滯，想唞下。）

②這件衣服太長了，改短一點。

（件衫長過頭，改短啲啦。）

③你先去吃飯吧。

（你去食飯先啦。）

④重寫一封介紹信。

（寫過一封介紹信。）

⑤多吃點兒水果。

（食多啲水果。）

（2）賓語、補語的語序

動詞後賓語、補語的語序普通話與粵語大致有三種情況：

①動——補——賓

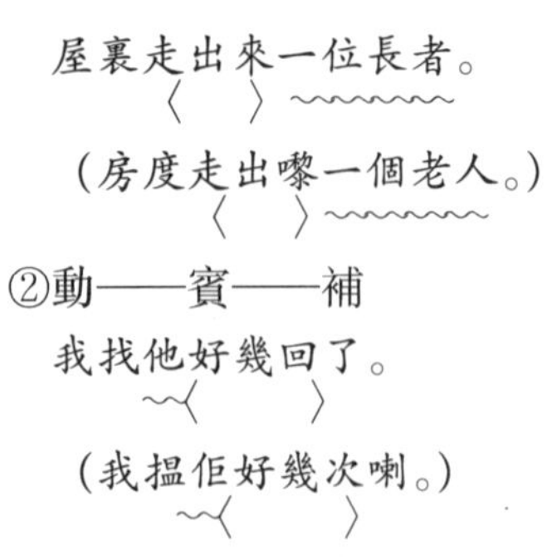

③動——補——賓——補

普通話雙音節的趨向動詞，如果把它拆開，中間插入賓語，就會構成“動——賓——動——補”式，這種句式，粵語没有。

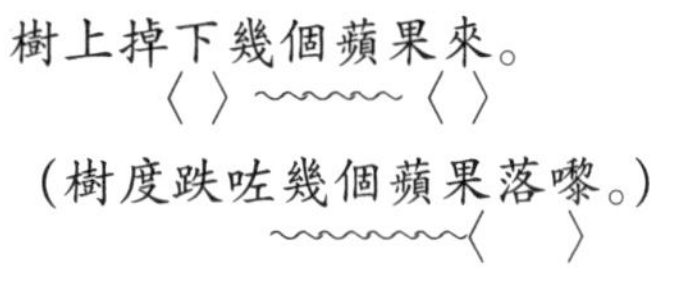

賓、補的語序除了以上三種情況，粵語還有一些特別的句式，不宜用在普通話中。如：

①“動——賓——補”式，當數量補語表示動量，賓語表示定指的人時，粵語除了用“動、賓、補”式，還可以用“動、補、賓”式。

我探望他好幾次了。

（我探咗佢好幾次喇。）

②“動——補——賓——補”式，粵語没有這種句型，只能用“動——補——賓”表示。

課室裏走出一個女孩來。

（課室度走出嚟一個女仔。）

③“動——補——賓”式，這是普通話和粵語表可能的補語和賓語的語序，當補語是否定形式，賓語是定指的人時，粵語還可以用

“動——賓——補”句式表達而普通話却不能。

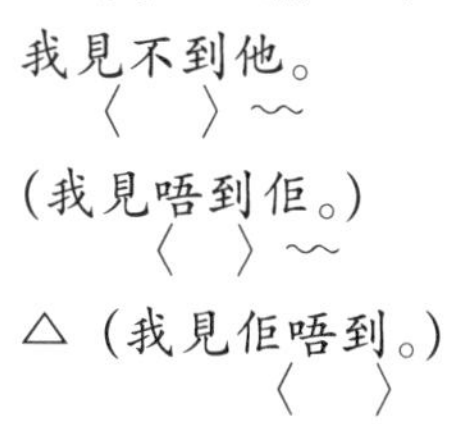

(3) 疑問句

普通話的疑問句根據表示疑問的情況和結構特點，可分爲四類：是非問、特指問、選擇問、正反問。粵語的疑問句也是分爲這四類，結構大體跟普通話相同只有正反問句跟普通話略有不同，另外粵語的問句較多使用語氣詞，而普通話的問句經常可以用升調來表示。請看：

①是非問：是非問句一般要求對方用“是”或“不”、點頭或搖頭作答，普通話是非問句常用的語氣詞是“嗎”、“啦”等（不能用“呢”）。

你真的要走嗎？（你真係要走咩？）

你不認得我啦？（你唔認得我啦？）

②特指問：用疑問代詞代替未知部分的問句，必須就疑問代詞代替的未知部分作答。一般不用語氣詞，而用升調表達疑問語氣。

他是誰？（佢喺邊個呀？）

他在會上說了些什麼？（佢喺會度講咗啲乜嘢呀？）

③選擇問：提出兩種或幾種情況，希望對方選擇一種作答。常用語氣詞是“呢、啊”。

你喜歡踢足球，還是打籃球？

（你鐘意踢足球，定係打籃球？）

這件事你是自己去辦呢，還是託別人去辦？

（呢件事你係自己去辦呢，定係託人哋去辦呀？）

④正反問：把事情的正面和反面並列說出，讓人選擇一種作答，常用語氣詞是“呢、啊”。這種句式粵語跟普通話有些不同。

你去不去旅遊呢？（你去唔去旅遊呀？）

(△你去旅遊唔去呀?)

你去過北京没有?(你去過北京未呀?)

(△你有没有去過北京呀?)

上面的正反問句譯成粵語，第一種説法跟普通話相同，有△符號的第二種説法是粵語句式，普通話一般不用。

(4) 比較句

比較句，普通話一般是用介詞“比”引出比較的對象，構成:

“甲+比+乙+形容詞”的格式

粵語的比較句除了用這一句式外，還可以用:

“甲+形容詞+過+乙”的格式

而後者普通話是不能用的。如:

我長得比他高。

(我生得比佢高。)

△(我生得高過佢。)

(5) 雙賓句

表示給予或收受的動詞，往往會帶兩個賓語，一個指人，一個指物，指人的叫近賓語，指物的叫遠賓語。普通話的雙賓句語序排列習慣是指人的賓語在前，指物的賓語在後，而粵語除了跟普通話相同的句式外，還可以遠賓語在前，近賓語在後，普通話是不可以這樣排列的。

老師送我兩本書。

(老師送畀我兩本書。)

△(老師送咗兩本書我。)

(6) 肯定句

普通話有一些肯定句是用非動作性動詞“有”和“是”構成的。如:“我是公務員”“他有許多朋友”，這些肯定句普通話與粵語是一致的。但粵語有一種肯定句，是普通話没有的，這是一種特別的“有”字句。

粵語這種“有”字句，是把“有”作爲助動詞放在動詞前，肯定動詞所表示的動作、行爲、情況已經存在或發生。如:

我有去義務植樹。

我有交學費。

普通話沒有這類“有”字句。上面那兩句話，普通話的說法是“我去了義務植樹了。”“我交了學費了。”但這樣對譯其實不是很貼切的，語言中有時確實存在難以完全對應的情況，我們只有等語言的逐步發展、交融來解決這些問題了。

筆記

筆記

筆記

筆記